Friedrich Julius Johann Plew

Quellenuntersuchungen zur Geschichte des Kaisers Hadrian

Friedrich Julius Johann Plew

Quellenuntersuchungen zur Geschichte des Kaisers Hadrian

ISBN/EAN: 9783743628175

Hergestellt in Europa, USA, Kanada, Australien, Japan

Cover: Foto ©Raphael Reischuk / pixelio.de

Weitere Bücher finden Sie auf **www.hansebooks.com**

QUELLENUNTERSUCHUNGEN

ZUR

GESCHICHTE DES KAISERS HADRIAN

NEBST EINEM ANHANGE ÜBER DAS

MONUMENTUM ANCYRANUM UND DIE KAISERLICHEN
AUTOBIOGRAPHIEN

VON

Dr. J. PLEW.

STRASSBURG.

VERLAG VON KARL J. TRÜBNER.

1890.

G. Otto's Hof-Buchdruckerei in Darmstadt.

INHALTSÜBERSICHT.

Das Problem der örtlichen und zeitlichen Bestimmung von Hadrians Reisen ist durch die vortreffliche Arbeit von J. Dürr: Die Reisen des Kaisers Hadrian (Wien 1881) seiner Lösung erheblich näher gebracht worden. Die ganze Frage ist deshalb von der höchsten Wichtigkeit, weil die Geschichte Hadrians im wesentlichen zusammenfällt mit der Geschichte seiner Reisen. Auch die Aufenthalte in Rom waren bis auf den letzten nur Stationen auf der grossen Wanderschaft des Kaisers. Dies spricht sich unter anderem darin aus, dass auf den Reisemünzen Italien durchaus als Provinz unter Provinzen erscheint, wiewohl die letzte grosse Bewegung, welche nach dieser Nivellierung hinstrebte, unter Hadrian, eben mit seinen Reisen, erst begann und unter Septimius Severus und Caracallus das Ziel erst erreichte.[1] Hadrians Reisen haben ein planvolles, festgeschlossenes System gebildet, dessen Kenntnis demnach den Ausgangspunkt für die Kenntnis und Würdigung seiner Regierung bildet.

Jedoch nicht mit den Reisen selbst wollen wir uns hier zunächst beschäftigen, sondern mit den Quellen, aus welchen unsere Kenntnis derselben fliesst. Mit diesen Quellen hat es nämlich eine eigentümliche Bewandtnis. Die monumentalen Urkunden liefern eine Menge von Thatsachen für die Topographie der Reisen. Für die Chronologie aber

---

[1] Wenn die Zeitgenossen den Grund dieser Reisen nur in Hadrians Neugier sahen (Spart. Hadr. 17, 8 *peregrinationis ita cupidus, ut omnia, quae legerat de locis orbis terrarum, praesens vellet addiscere*), so beweist das, bis zu welchem Grade die politische Urteilslosigkeit gestiegen war.

lassen die Münzen die Forschung fast gänzlich im Stich, die Inschriften geben wohl auch dafür eine Reihe wichtiger Anhaltspunkte, aber im ganzen genommen würde das urkundliche Material eine chaotische Masse von Einzelheiten bilden, aus welcher das System der Reisen niemals hätte konstruiert werden können. Dies hat allein eine litterarische Quelle möglich gemacht dadurch, dass sie den Rahmen des Systems liefert, in welchen die monumentalen Zeugnisse haben eingereiht werden können. Diese Quelle ist die vita Hadriani des Spartianus. Bei der Wichtigkeit, welche dieselbe also für die Geschichte Hadrians hat (sie bietet überhaupt immer noch das reichste Material), ist eine eingehende Untersuchung der Quellen und ihrer Komposition die Vorbedingung für eine sichere historische Ausnutzung[1]. Diese Untersuchung führt weiter zu einer Untersuchung der litterarischen Quellen für die Geschichte Hadrians überhaupt, welche uns leider in so kärglichen Resten erhalten sind.

Dürr hat im ersten Exkurse eine Analyse von Spartians Reisebericht gegeben. Hier setzt die Untersuchung am besten ein. Dürrs Analyse gewinnt zwei Hauptresultate. Das erste derselben lautet: Die Hauptquelle des Reiseberichtes bei Spartian ist die Autobiographie Hadrians. Dies Resultat ist unzweifelhaft richtig, und der von Dürr gegebene Beweis lässt sich in einigen Punkten noch verstärken. Mit Rücksicht auf dies Resultat hat Dürr zu ermitteln gesucht, wie weit unsere Kenntnis über diese Fundamentalquelle reicht, und seine Erörterung über dieselbe (S. 12) ist von allen bisherigen die eingehendste und beste. Aber auch sie ist einerseits nicht durchweg richtig, andrerseits nicht erschöpfend. Im folgenden Abschnitte ist daher zuerst diese Frage in ihrem ganzen Umfange behandelt.

---

[1] Auch noch in der zweiten Bearbeitung seines Hadrian ist Gregorovius dieser Hauptquelle gegenüber oft völlig ratlos.

1. DIE AUTOBIOGRAPHIE HADRIANS.[1]

Das wichtigste Zeugnis über die Autobiographie Hadrians lautet bei Spartian 16, 1: *Famae celebris Hadrianus tam cupidus fuit ut libros vitae suae scriptos a se libertis suis litteratis dederit iubens ut eos suis nominibus publicarent, nam et Phlegontis libri Hadriani esse dicuntur.* Es ist zu verwundern, dass bisher noch niemand an der Stelle Anstoss genommen hat. Nicht als ob der Wortlaut verdorben wäre und einer Änderung bedürfte, aber der Inhalt muss Befremden erregen. Dürr sagt: „Die Schrift wurde durch Freigelassene des Kaisers, in erster Linie Phlegon von Tralleis, nach seiner Anordnung unter ihren eigenen Namen herausgegeben". Danach würden also als Verfasser der Autobiographie mindestens zwei, wenn nicht mehr, aufgetreten sein. Bei den Worten, „in erster Linie Phlegon" lässt sich nichts klares denken. Denn eine Überarbeitung befahl Hadrian den Freigelassenen ja nicht, sondern nur die Herausgabe unter eigenem Namen; also kann es sich nicht etwa um die Leitung eines litterarischen Unternehmens handeln, und „in erster Linie" kann nur heissen, dass Phlegons Name unter den Verfassern an erster Stelle stand. Ist es denn nun aber erhört, dass für eine vita zwei oder mehr Verfasser auftreten? An eine Verteilung des Stoffes unter verschiedene Verfasser ist nicht zu denken. Dann könnte ja auch niemals das Ganze als vita zitiert werden, wie es doch 7, 2 *(ut ipse in vita sua dicit)* geschieht. Vor allem aber hat Dürr nicht gesehen, dass die Stelle 16, 1 gerade beweist, dass Phlegon unter den Verfassern nicht genannt gewesen sein kann. *Nam et Phlegontis libri Hadriani esse dicuntur* steht im klaren Gegensatz zu *libri vitae suae.* Was soll aber das in dieser Satzverbindung rätselhafte *nam?* Es tritt hier die durchgehende Eigentümlichkeit der Scriptores hervor, dass sie Verbindungspartikeln oder ad-

---

verbiale Bestimmungen aus ihren Quellen mit abschreiben, durch Auslassung der nötigen Beziehungen aber den Sinn verdunkeln oder auch geradezu verfälschen. Spartian hat hier einen Satz etwa folgenden Inhalts ausgelassen: „Ebenso hat er andere Schriften unter dem Namen seiner liberti litterati veröffentlicht". Nun schliesst sich gut an „denn auch Phlegons Schriften werden dem Hadrian zugeschrieben". Zugleich wird nun bei entsprechender Formulierung der Sätze erklärlich, warum die liberti litterarii als angebliche Verfasser hier in der Mehrheit auftreten. Hadrian hat, wie man sagte, verschiedene Schriften unter dem Namen verschiedener liberti litterati erscheinen lassen, jede einzelne natürlich aber nur unter einem Namen, der also bei der Autobiographie nicht derjenige Phlegons, sondern eines uns unbekannten libertus war. Die Maske dieses kaiserlichen Biographen hat aber das Publikum nicht zu täuschen vermocht. Denn dass der Sachverhalt bekannt war, beweist unsere Stelle, und dieselbe enthält noch den weiteren Gegensatz, dass dasjenige, was bei den Schriften Phlegons und anderer liberti nur vermutet wurde, bei der Biographie jenes libertus über jeden Zweifel erhaben war. Wahrscheinlich ist sogar nach Hadrians Tode der wahre Name des Verfassers der Biographie hergestellt worden. Denn nur so ist es erklärlich, dass sowohl Dio als Marius Maximus immer nur den Hadrian als Verfasser citieren, ohne je einen erklärenden Zusatz zu machen; ein Misverständnis muss eben unmöglich gewesen sein. Dafür spricht auch die Stelle Sev. 1, 6 (Severus) *cum Romam venisset hospitem nanctus qui Hadriani vitam imperatoriam eadem hora legeret, quod sibi omen futurae felicitatis arripuit.* Die hier erwähnte vita ist nicht „vielleicht", wie Dürr sagt, sondern ganz sicher unsere Autobiographie gewesen. Denn der Zusatz imperatoria wäre sinnlos, wenn er nicht die spezifische Differenz ab imperatore ipso scripta[1] enthielte. Gerade den Umstand, dass ein Kaiser die Biographie geschrieben hatte, muss Sever als Vorzeichen seines einstigen

---

[1] Vgl. in der obigen Stelle *libros vitae suae scriptos a se.*

Kaisertums genommen haben. — Nimmermehr aber können, was Dürr als wahrscheinlich bezeichnet, die libri Phlegontis (Saturnin. 7, 6) mit der Autobiographie identisch sein, abgesehen davon, dass der dort angeführte Brief eine Fälschung aus dem 3. Jahrhundert ist.[1] — Damit ist nun auch zugleich die Frage erledigt, ob die Autobiographie griechisch oder lateinisch geschrieben gewesen sei. Da nämlich Phlegon, welchen man nach unrichtiger Auffassung jener Stelle für den von Hadrian vorgeschobenen Verfasser hielt, sonst griechisch geschrieben hat, so nahm man diese Sprache auch für die Autobiographie an. Die Voraussetzung ist, wie wir gesehen haben, falsch. Aber auch abgesehen davon hätte man die Frage gar nicht aufwerfen sollen. Was schon von den Autobiographien der republikanischen Zeit gilt, dass sie nämlich Rechtfertigungs- und Selbstverherrlichungsschriften waren (Cicero nennt sie einfach laudes), das gilt von den kaiserlichen Autobiographien doppelt. Der Kaiser schrieb zunächst und vor allem für den populus Romanus. Auf dessen opinio kam ihm alles an, und wie Hadrian am Anfang seiner Regierung eine tristissima opinio des Volks in mündlicher Rede zu widerlegen sucht, so hat er am Ende seiner Regierung diese Selbstverteidigung der Nachwelt schriftlich überliefert. Die Tendenz der ganzen Schrift wird ausserdem hier in den Worten *famae celebris Hadrianus tam cupidus fuit* besonders hervorgehoben; die Wahl der griechischen Sprache würde dieser Tendenz aber geradezu entgegengewirkt haben, und so kann es keinem Zweifel unterliegen, dass Hadrian, wie alle Kaiser, welche Memoiren veröffentlichten, seine Autobiographie lateinisch geschrieben hat. Dio und Mar. Max. sagen es nicht ausdrücklich, weil es selbstverständlich ist. Das Gegenteil hätte wenigstens Mar. Max. sicher bemerkt.[2] Ja wir haben sogar in der unten zu besprechenden Stelle 12, 4 *ut verba ipsa ponit Marius Maximus* bei der mir allein möglich erscheinenden Auffassung, ebenso

---

[1] Cf. Mommsen Röm. Gesch. V S. 576 A[1]. S. 585 A. 2.
[2] So sagt er 25, 6 bei Anführung der bekannten Verse Animula vagula blandula: *tales autem fecit et Graecos.*

noch an anderen Stellen direkte Beweise für die lateinische
Abfassung der Schrift.[1]

Die Frage, bis zu welchem Zeitpunkt die Darstellung
geführt war und in welche Zeit die Veröffentlichung der
Schrift fällt, ist bisher noch gar nicht aufgeworfen worden,
und doch lässt sich dieselbe mit grosser Wahrscheinlichkeit
beantworten. Das Zitat Dios über den Tod des Antinous
(69, 11, 2) und der Bericht über den Judenkrieg, welchen
Dürr mit Recht gleichfalls der Autobiographie zuweist,
zeigen, dass die zweite grosse Reise noch von Hadrian dargestellt war. Von dieser ist er 134 nach Rom zurück-
gekehrt.[2] Im Jahre 136 erfolgte in Tivoli der Ausbruch
der Krankheit, die Adoption des Verus und die damit im
Zusammenhange stehende Verurteilung zahlreicher hervorragender Männer wegen hochverräterischer Umtriebe. Nun
muss die Abfassung und Veröffentlichung aber vor diese
Verurteilungen fallen. Denn nach denselben hätte er den
einst gegebenen Eid (Spart. 7, 4) *se nunquam senatorem
nisi ex senatus sententia puniturum* schwerlich erwähnt.
An der Verurteilung der Konsularen (Spart. 7, 1—4) hat
er sich ausdrücklich für unbeteiligt erklärt, und bis zum
Jahre 136 hat er jenen Eid dann wirklich gehalten, da er
Hochverratsprozesse überhaupt nicht zuliess.[3] Die Veröffentlichung fällt danach höchst wahrscheinlich in das Jahr
135, und die Darstellung war bis zum Jahre 134, d. h. bis

---

[1] Vgl. die Erörterung im zweiten Abschnitt.

[2] Auf diese letzte Rückkehr bezieht sich Vict. Caess. XIV *Romam
regreditur.* Von der Zeit bis zur Übersiedelung nach Tivoli giebt allein
Kunde die dort folgende Notiz: *Ibi Graecorum more, seu Pompilii
Numae, caerimonias, leges, gymnasia, doctoresque curare occoepit; adeo
quidem, ut etiam ludum ingenuarum artium, quod Athenaeum vocant,
constitueret, atque initia Cereris Liberaeque, quae Eleusinia dicitur,
Atheniensium modo Roma percoleret. Deinde, uti solet tranquillis rebus
remissior, rus proprium Tibur secessit, permissa urbe Lucio Aelio Caesari.*
Die nach dem Muster des alexandrinischen Museums erfolgte Gründung
des Athenaeums kann erst nach dem Besuch von Alexandria erfolgt sein.

[3] Spart. 18, 4 *maiestatis crimina non admisit,* was er mit Beziehung auf die Behauptungen in 7, 2-4 zu erwähnen nicht unterlassen haben wird.

zu seiner letzten Rückkehr nach Rom geführt. Die Herausgabe der Autobiographie bezeichnet also den Abschluss der Regierungsthätigkeit Hadrians, und dass er selbst jenen Zeitpunkt als einen solchen Abschluss angesehen hat, ist aus allgemeinen Erwägungen wahrscheinlich und wird durch die Schilderung bei Aurel. Vict. Caess. XIV, 2—5 (s. oben) bestätigt. Hadrian stand damals an der Schwelle des 60. Lebensjahres, er hatte des Tages Last und Hitze redlich getragen, der Lebensabend sollte nun ihm gehören. Er behielt natürlich die Zügel der Regierung in der Hand, erledigte die laufenden Geschäfte, wohnte den regelmässigen Senatssitzungen bei, vor allem aber gab er sich seinen litterarischen und künstlerischen Neigungen hin, und erst die an den Ausbruch der Krankheit sich knüpfenden politischen Umtriebe haben ihm die ersehnte Musse verkümmert.

Hadrian hatte den Stoff seiner Memoiren in mehrere Bücher verteilt (*libri vitae suae* 1, 1. 16, 1), worin er wohl dem Beispiel Augusts folgte (Sueton Aug. 85 *aliqua de vita sua, quam tredecim libris . . . . . exposuit*). Über den Inhalt bemerkt Dürr: „Das Werk bildete eine ausgeführte Biographie, wie es scheint weitläufig angelegt, da sie die politische Geschichte vor seiner Thronbesteigung, auch wo er selbst nicht in direkter Beziehung dazu stand, berücksichtigte". Dürr kann diese Bemerkung nur gefolgert haben aus Dio 66, 17, 1, wo es heisst, Titus werde von einigen, darunter auch vom Kaiser Hadrian, verläumdet, den Vespasian vergiftet zu haben (ὡς δέ τινες καταψευδόμενοι τοῦ Τίτου, ἄλλα τε καὶ ὁ Ἀδριανὸς ὁ αὐτοκράτωρ, ἐφήμισαν). Es ist nicht nur denkbar, sondern natürlich, dass ein Regent die äussere und innere politische Lage, in welcher sich das Reich bei seinem Regierungsantritt befand, darlegt, um die Grundzüge seiner Politik daraus abzuleiten und die Massnahmen seiner Regierung zu erklären; wir werden auch sehen, dass Hadrian dies wirklich gethan hat. Aber es ist undenkbar, dass in einer Biographie, besonders in einer Autobiographie, die politische Geschichte einer Zeit behandelt wird, zu welcher die Hauptperson in gar keiner Beziehung steht. Eine einzelne Nachricht berechtigt aber

auch nicht zu dem Schluss, dass die ganze Zeit, auf welche sie
Bezug nimmt, dargestellt gewesen sei.   Und kann vollends
eine solche aus dem hauptstädtischen Klatsch stammende
Nachricht, wie die hier in Rede stehende, zur politischen
Geschichte gerechnet werden? Ist es ferner sicher, dass
Hadrian diese Äusserung in seiner Autobiographie gethan
hat? Nicht nur die erste, sondern auch die zweite Frage
muss verneint werden.   Denn wenn die ἄλλοι und Hadrian
diese Äusserung in bestimmten Schriften hinterlassen hätten
und Dio aus diesen ihm und allen seinen Zeitgenossen zu-
gänglichen Quellen hier zitierte, so könnte er nimmermehr
sagen ἐφήμισαν.   Sowohl das Tempus, wie das Wort weist
deutlich auf eine mündliche Äusserung, welche von späteren
Schriftstellern fixiert und aus diesen von Dio übernommen
ist.[1] Ähnlich steht es mit der Stelle Av. Cass. 2, 5 *scis,
quid avus tuus Hadrianus dixerit ... Eius exemplum po-
nere malui quam Domitiani qui hoc primus dixisse fertur.*
Hier ist die Sache ganz sicher, weil die betreffende Äusserung Hadrians in die Zeit nach der Hinrichtung des Servianus, d. h. in die Zeit nach der Veröffentlichung der
Autobiographie fällt.   Wir können aus der obigen Stelle
des Dio nur schliessen, dass Hadrian in seinen Urteilen
über die früheren Kaiser aus Neid gegen Titus Partei er-
griffen hat.   Was Dio von Hadrians φιλοτιμία ἄπληστος, von
seinem ἡ θόνος δεινότατος ἐς πάντας τοὺς τινι προύχοντας berichtet,
worin er so weit gegangen sei, ὥστε μὴ μόνον τοῖς ζῶσιν
ἀλλὰ καὶ τοῖς τελευτήσασι φθονεῖν, dafür haben wir in der
Verläumdung des Titus ein einzelnes Beispiel. — Nach den
bei Spartian erhaltenen Trümmern dürfen wir über den
Inhalt der Autobiographie folgendes sagen: Unzweifelhaft
hat Hadrian, wie August vor ihm, mit seinem stemma be-

---

[1] Wo Dio und Spartian die Autobiographie zitieren, setzen sie
natürlich stets das Präsens. Wo dagegen Dio das mündliche Zeugnis
seines Vaters anführt, sagt er ἔλεγε (69, 1, 3). Ebenso kann sich das
aus Mar. Max. stammende *ut dicebat* (5, 3) nicht allein auf die Autobiogr. beziehen, aus welcher der ganze Bericht bis c. 9 im wesentlichen
stammt, sondern Hadrian muss diese Äusserung auch anderswo, er muss
sie wiederholt gethan haben.

gonnen,[1] woran sich die Darstellung seiner vita privata, d. h. seines Lebens bis zum Regierungsantritte anschloss. Diese vita privata bildete die Einleitung zu dem Hauptteile der ganzen Schrift, der vita publica, d. h. der Darstellung seiner Regierungszeit.[2] Dass die Darstellung eine tendenziöse war, versteht sich, wie bei allen derartigen Darstellungen der Kaiser, von selbst, und bei Hadrian muss dies sogar nach den Bemerkungen Dios und Spartians über die φιλοτιμία und die cupiditas famae celebris, wie schon bemerkt, besonders stark hervorgetreten sein. Die Veröffentlichung unter fremdem Namen kann nur den Zweck gehabt haben, diese Tendenz zu verschleiern und den Schein der Objektivität hervorzubringen, welchen Zweck Hadrian aber nicht erreichte.

In der Darstellung der vita privata ging nun die Tendenz Hadrians dahin, die Zweifel an seiner rechtmässigen Adoption niederzuschlagen,[3] indem er dieselbe motivierte durch die Anerkennung Trajans, welche er sich durch die Tüchtigkeit seiner Leistungen erworben habe (c. 3). Ebenso suchte er die göttliche Sanktionierung seiner Herrschaft durch Orakelsprüche und omina zu erweisen, nach jener bekannten Gepflogenheit der römischen Kaiser, deren Ur-

---

[1] Suet. Aug. 2 *ipse Augustus nihil amplius quam equestri familia ortum se scribit vetere ac locuplete et in qua primus senator pater suus fuerit.* Hadr. 1, 1 *Hadria ortos maiores suos apud Italicam Scipionum temporibus resedisse in libris vitae suae Hadrianus ipse commemorat.* 1, 2 *atavus Maryllinus, qui primus in sua familia senator populi Romani fuit.*

[2] Von Severs Autobiographie wird Sev. 18, 6 ausdrücklich gesagt *vitam suam privatam publicamque ipse composuit ad fidem, solum tamen vitium crudelitatis excusans.*

[3] Schon zwei Jahre nach seiner Thronbesteigung hat Hadrian Gelegenheit genommen, gewissermassen ein urkundliches Zeugnis für die Adoption zu schaffen, nämlich in der Leichenrede auf die ältere Matidia, von der uns inschriftlich ein Stück erhalten ist, cf. Mommsen Abh. d. Berl. Akad. 1863 S. 483 ff. Die geflissentliche Betonung der doppelten Verwandtschaft hat keinen anderen Grund, als dass sie Veranlassung giebt zu dem Gegensatze *divi patris mei neptem sanguine, adoptione in consobrinae locum mihi constitutam* und zu dem Zusatze *divi patris mei.*

heber in Augustus zu suchen ist.[1] Bezeichnend ist dabei
für die Auffassung, welche Hadrian von seiner Regierung
hatte, dass er als zweiter Numa gelten wollte,[2] da man
Trajan einen zweiten Romulus genannt hatte.[3] Was von
dem Inhalt der capp. 5—22 bei Spartian auf die Autobiographie zurückgeführt werden muss, hat Dürr richtig erwiesen.[4] Die Ordnung der Darstellung ist jedenfalls zum
Teil chronologisch gewesen, was aus den unten folgenden
Erörterungen über die ersten Regierungsjahre sich ergiebt.
Hadrian ist darin gleichfalls den Memoiren des Augustus
gefolgt.[5] Ob er noch ausserdem einzelne Teile seiner Thätigkeit, z. B. die Rechtspflege, die innere Verwaltung, die im-
pendia für Volk und Staat (Annona, Spiele, Bauten) in der
Art des Monumentum Ancyranum (also per species) dargestellt habe, lässt sich nicht entscheiden. Wie die Tendenz
sich in der Darstellung der vita publica zeigte, wird später
ausführlich erörtert werden. Trotz dieser Tendenz bleibt
die Autobiographie natürlich ebensosehr eine Quelle von
grundlegender Bedeutung, wie das Monumentum Ancyranum.
Die Tendenz tritt mehr in der Angabe der Motive, als der
Thatsachen hervor, und meist so greifbar, dass sie dadurch
unschädlich wird. Die Tendenz widerstrebt auch der Wahrheit keineswegs immer. Bei der Schilderung seiner Thätig-

---

[1] Vgl. den Anhang.

[2] Vgl. die sors Vergiliana 2, 8, welche er selbst angeführt hat,
wie der folgende Gegensatz *quam alii dixerunt* beweist. Aurel. Vict.
Caess. XIV, 2 s. oben S. 6 A[2].

[3] Die spätere Zeit hat aber diesen ehrenden Vergleich auf Antonin.
Pius übertragen, indem sie Hadrian desselben für unwert erklärte. Ant.
Pius 2, 2 *qui merito Numae Pompilio ex bonorum sententia compara-
tur* 13, 4 *qui rite comparetur Numae*. Eutrop. 8 *qui merito Numae
Pompilio conferatur ita ut Romulo Trajanus aequetur*. Aurel. Vict.
epit. 15 *quamvis eum Numae contulerit aetas sua*. Suidas Ἀντωνῖνος
ὁ βασιλεὺς ἄριστος· ἦν καὶ μάλιστα Νουμᾷ κατὰ τὸ τῆς ἡγεμονίας ὁμοιότροπον
ἄξιος παραβάλλεσθαι. καθάπερ δὴ Ῥωμύλῳ Τραϊανὸς ὤφθη παραπλήσιος.

[4] Einzelheiten, z. B. die Bemerkungen auf S. 87, übergehe ich,
da dieselben durch die Widerlegung des zweiten Teils von Dürrs Analyse
sich von selbst erledigen. Die Notiz 13, 2 stammt aus Mar. Max.,
welcher sie der Autobiographie aus anderer Quelle hinzugesetzt hat.

[5] Vgl. den Anhang.

keit für die Provinzen, für das Heer, für die Rechtspflege,
die Verwaltung, das Bauwesen u. a. konnte Hadrian seinen
Ehrgeiz befriedigen, ohne die Wahrheit zu verletzen, wobei
man allerdings nicht vergessen darf, dass die Römer an die
fides historica nach Umfang und Inhalt d. h. an die Gründ-
lichkeit und Genauigkeit zu allen Zeiten sehr bescheidene
Anforderungen gestellt haben, nun vollends in jener Zeit,
wo der jähe Niedergang der römischen Geschichtsschreibung
sich durch nichts mehr kundgiebt, als durch die Thatsache,
dass unmittelbar auf Tacitus' Werke die Biographiensamm-
lung des Sueton folgt, und dass diese nun für die folgenden
Jahrhunderte massgebend bleibt. Auch auf Hadrians Autobiographie, welche nach Sueton wieder die erste bedeutende
historische Darstellung gewesen ist, kann sie nicht ohne Einfluss geblieben sein. Sueton hat überwiegend antikaiserliche
Quellen benutzt. Dies ist höchstwahrscheinlich der Grund
der Ungnade Hadrians und der unmittelbar auf die Veröffentlichung des Suetonischen Werks folgenden Absetzung
des Verfassers gewesen.[1] Deshalb ferner nahm Hadrian nicht
nur in seinem eigenen, sondern im dynastischen Interesse
überhaupt die seit Vespasian verstummte Schriftstellerei der
Kaiser wieder auf, und nicht ohne Absicht führte er dem Senat
zu Gemüte, dass der Staat ohne Kaiser nicht bestehen könne.

2.　DIE VITA HADRIANI DES SPARTIANUS.

Dürrs erstes Resultat ist also, dass die Autobiographie
Hadrians die Hauptquelle des Reiseberichts bei Spartian
sei. Der allgemeinen Annahme, dass sie nicht direkt, sondern indirekt benutzt sei, schliesst sich Dürr gleichfalls
mit voller Entschiedenheit an. Nun lautet aber sein zweites
Resultat: Die zwischen Spartian und der Autobiographie
stehende Mittelquelle ist nicht Marius Maximus, sondern
ein unbekannter Gewährsmann; Marius Maximus ist von

---

[1] Commodus liess gar jemand wegen Lektüre von Suetons Caligula
den wilden Tieren vorwerfen.

Spartian nur „als subsidiäre Vorlage" und zwar „für neben-
sächliche Notizen meist anekdotenhaften Inhalts" herangezogen.[1]

So sicher das erste Resultat richtig ist, so sicher ist
das zweite unrichtig. Zwar an sich ist die Annahme
eines solchen Anonymus wohl statthaft; denn die Scriptores
benutzen Quellen, ohne sie zu nennen. Aber man erwäge,
wie hier die Sache liegt. Dürr giebt zu und muss zugeben,
dass Mar. Max. für die übrigen Teile der vita die Hauptquelle ist. Er giebt ferner zu, es sei aus allgemeinen Erwägungen nicht zu bezweifeln, dass Mar. Max. die Autobiographie Hadrians benutzt habe. Dass Mar. Max. auch
einen Bericht über die Reisen enthalten hat, ist selbstverständlich. Und nun soll Spartian gerade in diesem wichtigen Teil der vita seine Hauptquelle fortlegen, um aus
einer anderen Quelle das abzuschreiben, was er in jener
auch fand? Und doch soll er sie nicht ganz fortlegen, sondern
als „subsidiäre Vorlage" benutzen?

Die Annahme sieht von vornherein so unwahrscheinlich wie möglich aus. Um so eingehender müssen deshalb
die Gründe untersucht werden, welche zu dieser befremden-
den Annahme geführt haben. Es handelt sich dabei nicht
bloss um den Namen der Mittelquelle, welcher ja nebensächlich erscheinen könnte, sondern es handelt sich, wie
sich zeigen wird, einmal um die Auslegung und Auffassung
einer grossen Zahl wichtiger Stellen, sodann um eine für
die Quellenuntersuchung der Scriptores prinzipielle Frage.

Dürrs Hauptargument ist folgendes: Marius Maximus
hat sein Gesamturteil über Hadrians Charakter niedergelegt
in den Worten (Spart. Hadr. 20, 3) *eum natura crudelem
fuisse et idcirco multa pie fecisse quod timeret, ne
sibi idem quod Domitiano accideret.* Dieses Urteil,

---

[1] In meiner Schrift (Marius Max. als dir. u. indir. Quelle d. Scr.
S. 19) heisst es, dass die Scr. den Mar. Max., während sie ihn abschreiben, nur in Nebendingen anführen, so dass bei flüchtiger Betrachtung die Meinung entstehen könnte, als sei die Hauptquelle
eine andere. Ein Misverständnis ist dort aber ausgeschlossen; denn
es wird der Grund dieses scheinbaren Verhältnisses nachgewiesen.

sagt Dürr, musste natürlich der ganzen Darstellung den Stempel aufdrücken, „der Grundton der Schrift (des Marius Maximus) war jedenfalls ein Hadrian durchaus ungünstiger". An anderer Stelle sagt er „ein so hartes Urteil schliesst jede Sympathie aus" und wiederholt wirft er der Darstellung des Mar. Max. Hass, Feindseligkeit oder Bissigkeit gegen Hadrian vor. Jedoch nötigt ihn der zweite Teil jenes Urteils zuzugeben, dass es bei Mar. Max. auch nicht an *pie facta* werde gefehlt haben; nur werde er dieselben „in entsprechend gedämpfter Beleuchtung" vorgebracht haben.

In diesen Sätzen liegt der Grund aller Irrtümer, welche Dürr in der Beurteilung der einzelnen Nachrichten untergelaufen sind. Ein Geschichtsschreiber kann, namentlich wenn er persönlich ganz unbeteiligt ist, den Charakter eines Mannes ungünstig beurteilen, dabei aber seinen Fähigkeiten und Leistungen Anerkennung zollen. Nun giebt aber Mar. Max. mit diesem Urteil ausdrücklich zu, dass auch Hadrians Charakter vielfach besser erschienen als er gewesen sei. Dürr hat den Ausdruck *pie facta* unrichtig aufgefasst. Darunter kann nicht etwa, wie er will, die Verschonung eines wahnsinnigen Sklaven, der einen Mordanfall auf Hadrian gemacht hatte, verstanden werden, [1] sondern es sind Handlungen, welche aus einem guten Herzen kommen, wofür wir ja den lateinischen Ausdruck „Pietätsakte" brauchen. Dieselben richten sich gegen Verwandte und Freunde, z. B. gegen Trajan (6, 1 u. 6, 3), gegen seinen Schwager Servianus (8, 11), gegen die amici (15, 11 == Dio 69, 5); bezeichnend ist besonders 9, 7 *aegros bis ac ter die, et nonnullos equites ac libertinos visitavit, solaciis refovit, consiliis sublevavit, conviviis suis semper adhibuit.*

Mar. Max. widerspricht nun mit jenem Urteil der etwaigen Meinung oder Behauptung, dass alle diese Handlungen aus wirklicher Herzensgüte hervorgegangen seien, und leitet dieselben allein aus Furcht vor dem Schicksal

---

[1] Die ganze Stelle 12, 5 hebt in dem Charakter Hadrians viel mehr die Kaltblütigkeit hervor.

Domitians her.[1] Aber die *pie facta* selbst giebt er doch zu.[2] Um so weniger konnte es ihm in den Sinn kommen, Hadrians Regententhätigkeit zu verkleinern. Dazu kommt, dass jenes Urteil des Mar. Max. noch durch eine andere Stelle näher beleuchtet wird, welche von Dürr nicht berücksichtigt ist, wiewohl sie auf jenes Urteil offenbar Bezug nimmt. 23, 8 *omnem vim crudelitatis ingenitae usque eo repressit, donec in villa Tiburtina profluvio sanguinis paene ad exitum venit. Tunc libere Servianum . . . mori coegit.* Hadrian ist im Jahre 136 erkrankt, also auf die letzten beiden Lebensjahre allein stützt sich die ungünstige Beurteilung von Hadrians Charakter. Die Krankheit brachte Hadrian zur Raserei, er wütete gegen sich, wie gegen andere, und mit Zittern blickten die höheren Kreise Roms nach Tivoli. Da ist es begreiflich, dass er zuletzt *invisus omnibus* war, dass alles aufatmete, als der langersehnte Tod ihn endlich erlöste, als der Dis pater in die Unterwelt stieg. Am bezeichnendsten für die Stimmung gegen Hadrian ist das Urteil Frontos (p. 25 ed. Nab.) *divum Hadrianum avum tuum laudavi in senatu saepenumero studio inpenso et propenso quoque: et sunt orationes istae frequentes in omnium manibus. Hadrianum autem ego, quod bona venia pietatis tuae dictum sit, ut Martem Gradivom, ut Ditem Patrem, propitium et placatum magis volui, quam amavi. Quare? quia ad amandum fiducia aliqua opus est et familiaritate: quia fiducia mihi defuit, eo quem tantopere venerabar, non sum ausus diligere.[3] Antoninum vero ut solem, ut diem, ut vitam, ut spiritum amo, diligo, amari me ab eo sentio.* Ausser der Furcht spricht hier aber noch deutlich verletzte

---

[1] Vgl. darüber meine Krit. Beitr. zu den Script. II. A. S. 26 und den Anhang.

[2] Dass es bei ihm an solchen „nicht gefehlt", d. h. dass er nur wenige derselben angeführt und dieselben „in entsprechend gedämpfter Beleuchtung" vorgebracht habe, ist eine petitio principii.

[3] Frontos Urteil bezieht sich natürlich auch nur auf die letzten Jahre Hadrians. Denn mit Ausnahme der ersten Jahre, in welchen Hadr. durch Bereisung Italiens schon den Anfang seiner grossen Reichsrevision machte, ferner eines kurzen Aufenthalts i. J. 128, ist Hadr. überhaupt erst seit 134 in Rom gewesen.

Eitelkeit mit, welche es nicht verwinden kann, dass die
eigene werte Persönlichkeit nicht nach Gebühr geschätzt
worden ist. Andere mögen andere Gründe gehabt haben
und die Urteile sind sicher auch viel schroffer formuliert
worden, wiewohl schon Fronto vorher sagt, er wolle „ohne
Schönfärberei" reden. Nach diesen Urteilen und nach
mehreren aus den letzten Jahren stammenden Massregeln
Hadrians formulierte Mar. Max. jenes Urteil,[1] welches eine
deutliche polemische Spitze hat. Dass es nämlich nicht das
Gesamturteil des Mar. Max. über den Charakter enthält,
wie Dürr will, geht ausser aus Ton und Inhalt der Stelle
vor allem daraus hervor, dass Mar. Max. sein Gesamturteil
an anderer Stelle ausspricht, wo er zwar nicht zitiert wird,
aber zweifellos auch Quelle ist. Nach Aufzählung der wissen-
schaftlichen und künstlerischen Liebhabereien Hadrians heisst
es 14, 11 *idem severus laetus, comis gravis, lascivus cunctator, tenax liberalis, simulator verus, saevus clemens et
semper in omnibus varius.* Dürr legt die Stelle dem Mar.
Max. bei „wegen des Hinweises auf die *saevitia*". Hier
zeigt sich nun, dass Dürr unter dem Bann einer vorgefassten Meinung steht. Denn mit welchem Recht findet
Dürr darin gerade einen Hinweis auf die *saevitia?* Wird
nicht ebensogut auf die *clementia* hingewiesen? Vielmehr
ist klar, dass gute und schlimme Eigenschaften gegen einander abgewogen werden, ohne dass nach einer Seite ein
Mehr festgestellt wird. Ja nicht einmal das ist ganz richtig.
Man ist nicht genötigt, auch nur eine der angegebenen
Eigenschaften als unbedingt schlimm aufzufassen. *Lascivus*
kann hier, wie der Gegensatz *cunctator* = „bedächtig" zeigt,
nur „mutwillig, ausgelassen" heissen, *simulator* umfasst
ausser dem Begriff der Heuchelei, auch den der Ironie, und
mit *saevus* hat Mar. Max. hier ganz sicher nicht Grausam-
keit, sondern „herrische Strenge, Heftigkeit" bezeichnen
wollen, wie die Stelle über sein Verhalten zu den Freigelassenen und Sklaven beweist (21, 3) *unde extat etiam illud*

---

[1] Einzig auf diese letzten Lebensjahre bezieht sich auch der von
Mar. Max. angegebene Grund der Furcht vor dem Schicksal Domitians,
vgl. meine Krit. Beitr. zu den Script. H. A. S. 26.

saeve quidem sed prope ioculare de servis. Nam cum
quodam tempore servum suum inter duos senatores e con-
spectu ambulare vidisset, misit qui ei collafum daret dice-
retque: „*Noli inter eos ambulare quorum esse adhuc potes
servus.*" In seinem Gesamturteil hat Mar. Max. also die
ausserordentlichen Gegensätze in Hadrians Charakter her-
vorheben wollen, und dem ordnet sich nun auch jenes Urteil über den Gegensatz der *crudelitas ingenita* und vielfach bewiesenen *pietas* sehr gut unter. Schwerlich aber
wird jemand der Ansicht Dürrs nun noch beistimmen, dass
der Hinweis auf die ingenita crudelitas allein die Darstellung des Mar. Max. beeinflusst habe. Und wenn Dürr
gar den Schluss darauf baut: Bei Spartian ist der Ton der
Darstellung bald günstig bald ungünstig, bei Mar. Max. ist
er nur ungünstig gewesen, also kann Mar. Max. in den
für Hadrian günstigen Partien nicht die Quelle Spartians
gewesen sein — so ist dieser Schluss offenbar falsch, weil
der Untersatz falsch ist. Unter den Fehlern, welche er
im Gefolge hat, führe ich gleich hier einen recht drastischen
Widerspruch vor. Dürr erklärt bei Beurteilung der Stelle
6, 1—5,[1] auch „ohne spezielles Indicium" sei der (günstige)
Ton der Darstellung ein „genügender Beweis" dafür, dass
die Stelle nicht aus Mar. Max. stammen könne. In dieser
Stelle können wir nun klar anschauen, in welcher Weise
Hadrian seine Pietät zum Aushängeschild machte. Solcher
pie facta erkennt aber Mar. Max. ausdrücklich viele bei
ihm an. Ja, wenn man sieht, dass die Münzen des betreffenden Jahres (118) diesen Pietätsakt durch den Revers
Pietas feiern, so ist die Annahme schwerlich zu kühn, dass
Mar. Max. bei jener Erwähnung der *pie facta* diesen Akt
in erster Linie im Auge gehabt habe. Und da soll der Ton
ein genügender Beweis sein, dass diese *pie facta* von ihm
nicht erwähnt sein können? Während Dürr ein spezielles
Indicium hier nicht hat, liefert das Zeugnis, auf welches er

---

[1] Zur Aufdeckung des Widerspruchs genügt die Anführung von
6, 3: *cum triumphum ei senatus, qui Traiano debitus erat, detulisset,
recusavit ipse atque imaginem Traiani curru triumphali rexit, ut optimus imperator ne post mortem quidem triumphi amitteret dignitatem.*

seine ganze Analyse baut, gerade hier ein untrügliches Indicium, dass der Grundgedanke seiner Analyse verfehlt ist.

Vielmehr muss nach den bisherigen Ausführungen so argumentiert werden: Nach dem Urteil über die Gegensätze im Charakter Hadrians ist es gar nicht anders möglich, als dass schon bei Mar. Max. die Darstellung bald für, bald gegen Hadrian gesprochen hat. Daher kann aus diesem Wechsel des Tones allein noch nicht geschlossen werden, dass Spartian selbst die Nachrichten von entgegengesetzter Färbung aus verschiedenen Quellen entnommen hat. Vielmehr zeigt die Durchführung der Charakteristik, welche in konsequenter Weise an Beispielen darlegt, wie sich die Gegensätze in Hadrians Charakter äusserten, dass Spartians Quelle hier durchaus einheitlich ist. 15, 1 *Amicos ditavit et quidem non petentes, cum petentibus nihil negaret. idem tamen facile de amicis quicquid insusurrabatur audivit atque ideo prope cunctos .... postea ut hostium loco habuit.* 15, 10 *quamvis esset oratione et versu promptissimus et in omnibus artibus peritissimus, tamen professores omnium artium semper ut doctior risit, contempsit, obtrivit.* 16, 8 *sed quamvis esset in reprehendendis musicis, tragicis, comicis, grammaticis, rhetoribus facilis, tamen omnes professores et honoravit et divites fecit, licet eos quaestionibus semper agitaverit.* 16, 9 *et cum ipse auctor esset, ut multi ab eo tristes recederent, dicebat se graviter ferre, si quem tristem videret.* Diese Darstellung zeugt gerade von hervorragender Unparteilichkeit. Die Schilderung von Hadrians Regententhätigkeit c. 17—22, welche Dürr auch dem M. M. zuschreibt, ist aber voll so ungeteilter Anerkennung, dass es unerklärlich ist, wie Dürr dieselbe mit dem angeblichen Hasse des M. M. gegen Hadrian vereinigen will.

Doch sehen wir nun zu, wie es mit diesem angeblichen Hasse in dem Reisebericht, auf welchen sich Dürr vor allem bezieht, bestellt ist. — Dürr erblickt böswillige Tendenz in der Stelle 14, 1: *Antiochenses inter haec ita odio habuit, ut Syriam a Phoenice separare voluerit, ne tot civitatum metropolis Antiochia diceretur.* Über die Meisterschaft der Antiochener im Mocquieren und Raisonnieren hat

Mommsen neuerdings geschrieben.[1] Das zügellose Volk Antiochias übte diese Meisterschaft im Spotten nicht nur gegen die Bühnenkünstler, wo der Spott, von welchem Lucian ergötzliche Proben mitteilt, wenigstens auf so sicheres Kunsturteil sich gründete, dass die Kritik dieses Publikums für das ganze Reich tonangebend war, sondern es höhnte mit grosser Frechheit auch die anwesenden Kaiser, und zwar offen ins Gesicht. Wie bei den Schauspielern, wählte es die kleinste Auffälligkeit oder Blösse zur Zielscheibe. „als ob ihr Landesherr auch nur da wäre, um sie mit seiner Rolle zu amüsieren". Bei Hadrian tritt dies zuerst hervor, weil er zuerst längere Zeit in ihrer Stadt weilte, und er bot ihnen mehr Angriffspunkte, als seinen Bart. Dass er den Thron nicht dem Willen Trajans, sondern der ἐρωτικὴ φιλία Plotinas verdankte, wurde im Osten mit Bestimmtheit behauptet, und wahrscheinlich ist die Behauptung von Antiochia ausgegangen, wo Hadrian ja die Regierung antrat. Als er nun später die Stadt wieder besuchte, werden ihn die Antiochener an dieser Stelle, wo er besonders empfindlich war, angegriffen haben.[2] Wie Julian mit dem Misopogon den Bartspöttern antwortete, so steht auch durchaus nichts der Annahme entgegen, dass Hadrian in seiner Autobiographie[3] seinem Zorn gegen die Antiochener durch eine scharfe Kritik ihrer heillosen Sitten Luft gemacht und dabei die Absicht ausgesprochen habe, welche Sever später ausführte (Herod. III, 6, 9). Wie es aber von böswilliger Tendenz zeugen soll, wenn Mar. Max. dies von Hadrian berichtet, ist unverständlich. Berichtet er doch von seinem Liebling Marcus Antoninus ganz ähnliches.[4]

Die folgende Stelle hat Dürr in mehrfacher Beziehung unrichtig aufgefasst. 14, 5—6: *Antinoum suum, dum per*

---

[1] Röm. Gesch. V p. 463.

[2] Auch Antinous, welcher sich im Gefolge des Kaisers befand, war wohl ein rechtes Fressen für die bösen Mäuler.

[3] Auf die Zugehörigkeit der Notiz zum Reisebericht, d. h. zur Autobiographie Hadrians komme ich später noch zu sprechen.

[4] Ant. phil. 25, 8—9.

Nilum navigat, perdidit, quem muliebriter flevit. de quo varia fama est aliis eum devotum pro Hadriano adserentibus, aliis quod et forma eius ostentat et nimia voluptas Hadriani. et Graeci quidem volente Hadriano eum conse-craverunt oracula per eum dari adserentes, quae Hadrianus ipse composuisse iactatur. Dass die Nachricht, Antinous sei im Nil ertrunken, aus Hadrians Autobiographie stammt, wissen wir aus Dio; dass das folgende aus anderen Quellen stammt, ist selbstverständlich. Nach Dürr wechselt Spartian die Quelle, indem er von dem anonymen Vermittler der Autobiographie Hadrians mit den Worten *quem muliebriter flevit* zu Mar. Max. übergeht. Denn die letztere Bemerkung sei bissig, und die Nachricht, dass Antinous „an den Folgen der unnatürlichen Ausschweifungen" gestorben sei, beweise wieder die Feindseligkeit des M. M. gegen Hadrian.

Wo steht denn aber etwas von Folgen unnatürlicher Ausschweifungen? Dürr hat übersehen, dass der zweite Teil *aliis quod et forma eius ostentat et nimia voluptas Hadriani* mit der Todesursache des Antinous gar nichts zu thun hat. Mit *de quo* beginnt in der Vorlage ein Exkurs über das Verhältnis des Antinous zu Hadrian überhaupt, nicht bloss über seinen Tod, sonst müsste es heissen *cuius de morte.* Hadrian selbst hatte absichtlich eine falsche Todesursache angegeben, um jeder näheren Erörterung aus dem Wege zu gehen. Seine masslose Trauer um Antinous und der daraus hervorgehende masslose Antinouskultus sind verschieden gedeutet worden. Nach der einen Version ist das Verhältnis ein edles, der Tod des Antinous eine freiwillige Opferung gewesen, um das Leben des geliebten Herrschers zu verlängern, die andere Version fand den Grund jener Trauer und jenes Totenkultus nur in der sinnlichen Liebe Hadrians.[1] Spartian hat diesen Gegensatz entweder nicht

---

[1] Dieser Gegensatz tritt viel klarer in der bekannten Stelle des Aurel. Vict. Caess. XIV, 6 7 hervor. *Hinc orti rumores mali ... (Hadrianum) Antinoi flagrarisse famoso ministerio, neque alia de causa urbem conditam eius nomine, aut locasse ephebo statuas. Quae quidem alii pia volunt religiosaque: quippe Hadriano cupiente fatum producere, quum voluntarium ad vicem magi poposcissent, cunctis retractantibus,*

recht verstanden oder er ist unfähig, ihn kurz und klar
auszudrücken. In beiden Fällen ist aber auch klar, dass
er nicht selbständig die beiden Versionen aus verschiedenen
Quellen zusammengestellt hat, sondern dass wir bei ihm die
verstümmelte Wiedergabe einer Quelle vor uns haben, und
zwar des Mar. Max., welcher auch hier gutes und schlimmes
berichtet. Wenn aber *quem muliebriter flevit* eine bissige
Bemerkung sein soll, so müsste Tacitus gegen sich selbst
bissig sein. Denn dieser braucht den Ausdruck von sich
selbst.[1] Es wird damit die masslose, die Thatkraft auf-
lösende Trauer bezeichnet im Gegensatz zu der dem Manne
geziemenden Gefasstheit, welche den Schmerz durch Thätigkeit bändigt, wie Tac. Agric. 29 beweist.[2] — Bei Dio sind,
den Antinous betreffend, dieselben Elemente der Darstellung
vereint. Wie Spartian, so folgt Dio hier dem chronologisch
geordneten Reisebericht Hadrians. Wie Spartian erwähnt
er vorher die Restauration des Grabmals des Pompeius, um
dann auf das für Hadrian wichtigste Ereignis des ägyptischen Aufenthalts, den Tod des Antinous, überzugehen.
Er schickt die Herkunft des Antinous und die Andeutung
seines Verhältnisses zu Hadrian voraus und gibt dann die
Versionen über die Todesursache an. Der Gegensatz derselben geht darauf, ob Zufall oder Absicht, Unglücksfall
oder freiwillige Opferung vorlag. Diesen Gegensatz enthalten auch bei Spartian die Worte *dum per Nilum navigat*
und *devotum*. Dann folgt bei Dio noch ein Gegensatz, derselbe, welchen die oben angeführte Stelle des Victor enthält.

Antinoum obiieisse se referunt; hineque in eum officia supra dicta.
Der Inhalt ist in dieser Stelle, welche mit jener Spartians offenbar in
entfernter Verwandtschaft steht, klarer wiedergegeben. Ort und Zeit
sind aber völlig auf den Kopf gestellt. Die ägyptischen Magier werden
nach Tivoli versetzt und der ganze Vorgang in eine Zeit verlegt, wo
Antinous mindestens schon 6 Jahre tot war, vgl. Gött. Gel. Anz. 1884
Nr. 5 S. 203.

[1] Agric. 46 *nosque domum tuam ab infirmo desiderio et mulie-
bribus lamentis ad contemplationem virtutum tuarum voces.*

[2] .. *Filium amisit; quem casum neque ut plerique fortium virorum
ambitiose, neque per lamenta rursus ac maerorem muliebriter tulit; et
in luctu bellum inter remedia erat.*

ob nämlich sinnliche Liebe oder Dankbarkeit für die freiwillige Opferung Hadrian zu dem Antinouskultus bewogen habe. Auch dieser Gegensatz ist bei Spartian in *nimia voluptas* und *pro Hadriano devotum* vorhanden. Dabei stellt Dio dem Bericht Hadrians ausdrücklich die andere Version als die ἀλήθεια entgegen (69, 11, 2: Ἀντίνοος — ἐτελεύτησεν, εἴτ' οὖν ἐς τὸν Νεῖλον ἐκπεσών, ὡς Ἁδριανὸς γράφει, εἴτε καὶ ἱερουργηθείς, ὡς ἡ ἀλήθεια ἔχει. Wir sehen also, dass Dio die Darstellung Hadrians, welche hier falsch und vor allem sehr dürftig war, aus anderen Quellen berichtigt und vervollständigt hat. Dasselbe ist für Mar. Max. anzunehmen. Von böswilliger Tendenz vermag ich in diesem Verfahren nichts zu entdecken. Die Unklarheit und Verwirrung des Berichts hat allein Spartian zu verantworten.

Einen Ausbund böser Nachrichten findet Dürr in 11, 3—7: *Septicio Claro praefecto praetorii et Suetonio Tranquillo epistularum magistro multisque aliis, quod apud Sabinam uxorem in usu eius familiarius se tunc egerant, quam reverentia domus aulicae postulabat, successores dedit, uxorem etiam ut morosam et asperam dimissurus, ut ipse dicebat, si privatus fuisset. 4. et erat curiosus non solum domus suae sed etiam amicorum, ita ut per frumentarios occulta omnia exploraret, nec adverterent amici sciri ab imperatore suam vitam, priusquam ipse hoc imperator ostenderet. 5. unde non iniocundum est rem inserere, ex qua constet, eum de amicis multa didicisse. 6. nam cum ad quendam scripsisset uxor sua, quod voluptatibus detentus et lavacris ad se redire nollet, atque hoc Hadrianus per frumentarios cognovisset, petente illo commeatum Hadrianus ei lavacra et voluptates exprobravit. cui ille „num et tibi uxor mea, quod et mihi, scripsit?“ 7. et hoc vitiosissimum putant atque huic adiungunt, quae de adultorum amore ac nuptarum adulteriis, quibus Hadrianus laborasse dicitur, adserunt, iungentes quod ne amicis quidem servaverit fidem.* Hier bricht allerdings entschiedene Böswilligkeit hervor, aber nur im letzten §, und es ist verfehlt, wenn man von diesem das Urteil über die ganze Stelle beeinflussen lässt. Es sind drei verschiedene Bestandteile zu scheiden. Der

erste Satz enthält Angriffe nicht auf Hadrian, sondern auf
die drei genannten Personen. Eine Verletzung der Etikette
ist zwar sicher nur ein fingierter Absetzungsgrund. Hadrian
hatte von Anfang an mit starken Gegenströmungen zu
kämpfen, und sein Mistrauen gegen Hof und Aristokratie
wegen politischer Umtriebe war ausserordentlich gross.
Deshalb gab er auch der politischen Geheimpolizei eine
sehr ausgedehnte Verwendung. Sueton hat, wie oben bemerkt, wahrscheinlich auch durch seine Schriftstellerei sich
die Ungnade zugezogen. Gerade der Umstand, dass der
wahre Grund diplomatisch verhüllt wird, scheint mir nun
dafür zu sprechen, dass hier Hadrian selbst Quelle ist. Das
schliesse ich namentlich aus der Notiz über das Verhältnis
zu seiner Frau. Auch die Kaiserin muss bei jenem Anlass,
welcher zur Absetzung der beiden Höflinge führte, sich in
Hadrians Augen kompromittiert haben. Hadrian hatte Sabina
aus Politik geheiratet (2, 10), und die Ehe war keine glück-
liche, was dem römischen Publikum natürlich kein Geheimnis
war. Hadrian suchte nun in seiner Autobiographie seine
Frau als den schuldigen Teil hinzustellen. August hat es
in Betreff seiner Scheidung von Scribonia ebenso gemacht,
Suet. Aug. 62 *cum hac (sc. Sribonia) quoque divortium
fecit, pertaesus, ut scribit, morum perversitatem eius.* Ja,
in den Worten *si privatus fuisset* liegt vielleicht eine direkte
Anspielung auf August, welcher bei seiner Scheidung von
Scribonia noch Privatmann war (i. J. 39. Dio 48, 34, 3). [1]
Wenn Mar. Max. diese Nachricht aber auch anderswoher
entnommen haben sollte, so könnte böswillige Tendenz doch
immer nur dann darin gefunden werden, wenn Sabina als
unschuldig leidend in Schutz genommen und Hadrians Vorwurf als falsch zurückgewiesen würde. Dürr benutzt nun
freilich willkürlich als Ergänzung die Notiz Victors Epit.
14, 8 *huius uxor Sabina, dum prope servilibus iniuriis affi-
citur, ad mortem voluntariam compulsa. Quae palam iacta-
bat, se, quod immane ingenium probavisset, elaborasse, ne*

---

[1] Dass Hadrian den Augustus vielfach kopiert und namentlich
seine Autobiogr. nach dem Muster derjenigen des Aug. abgefasst hat,
geht aus dem Anhange hervor.

ex eo ad generis humani perniciem gravidaretur. Hier
haben wir eine Probe, wie sich böswillige Skribenten über
Hadrian äusserten. Wenn Dürr diese Nachricht aber dem
Mar. Max. zuschreibt, so hat er übersehen, dass eine andere,
ganz sicher (auch nach Dürr) aus Mar. Max. stammende
Nachricht Spartians mit jenem Zeugnis im Widerspruch
steht. 23, 9 *quando quidem etiam Sabina uxor non sine
fabula veneni dati ab Hadriano defuncta est.* Quando
quidem, nämlich als die *crudelitas ingenita* bereits hervor-
gebrochen war. Ein hasserfüllter Biograph hätte doch aber
jetzt wenigstens die Schuld am Tode Sabinas dem Hadrian
offen zugeschoben, wie dies bei Victor geschieht. Mar. Max.
erwähnt wohl das Gerede, aber eben nur als unverbürgtes,
und nicht einmal als allgemeines Gerede *(non sine fabula)*.
So zeigt sich vielmehr Mar. Max. auch hier als völlig ob-
jektiv. — In 11, 3 kommt Mar. Max. nun auf die *curiositas*
Hadrians und die damit im Zusammenhange stehende Geheimpolizei zu sprechen. Jene Absetzungen und der damit
verbundene Tadel gegen Sabina beruhten nämlich auf Denunziationen der Geheimpolizei, welche den Hof und die
Aristokratie, namentlich in Abwesenheit des Kaisers, aufs
schärfste überwachte. Zum Beweise, wie weit Hadrian
dabei in die geheimsten Heimlichkeiten des Familienlebens
eindrang, fügt Mar. Max. nach seiner Art eine „sehr ergötzliche" Geschichte hinzu. Nur loise wird in derselben
angedeutet, was Dio und Mar. Max. auch noch anderswo
sagen, dass man ihm diese aufdringliche Neugier zum Vorwurf machte. Abgesehen davon aber ist die Geschichte
für Hadrians Charakter keineswegs ungünstig. Die Neugier hat doch keine schlimme Wirkung; Hadrian nimmt
vielmehr die Partei der gekränkten Hausehre und wiederholt dem liederlichen Ehemann bei Gelegenheit eines Ur-
laubsgesuchs die briefliche Gardinenpredigt; die schlagfertige
Antwort, welche seine Spioniersucht sehr keck und beissend
verhöhnt, steckt er ruhig ein. — Bis hierher kann ich immer
noch keinen Ausbund böser Nachrichten entdecken. Erst
mit den Worten *et hoc quidem vitiosissimum putant* schlägt
der Ton plötzlich in die offenste Feindseligkeit um. Dass

hier Quellenwechsel vorliegt, ist klar. Es fragt sich nur,
ob Mar. Max. den § 7 schon enthalten, oder ob Spartian
selbständig diesen Zusatz aus anderen Quellen gemacht
habe. Das letztere ist der Fall. Denn hier hört der logische
Zusammenhang völlig auf. Was soll denn plötzlich *vitiosissimum* sein? Die gegen die amici geübte Spionage der
Geheimpolizei? Darauf allein kann sich das Urteil nicht
beziehen. Denn was haben damit der *amor adultorum* und
die *adulteria nuptarum* zu thun? Vielmehr muss sich das
Prädikat sowohl auf die Spionage als auch auf die Anekdote beziehen. Und daraus ergiebt sich die Lösung des
Rätsels, welche einen geradezu typischen Beleg für die
Stupidität Spartians liefert.[1] Spartian hat den Witz der
von Mar. Max. erzählten Anekdote nicht verstanden. Er
schliesst aus der Entgegnung *num et tibi uxor mea quod
et mihi scripsit* auf ein unerlaubtes Verhältnis Hadrians zu
dieser *uxor.* Deshalb fügt er Nachrichten über die Sinn-
lichkeit Hadrians und, weil es die Gattin eines Freundes
war, über die Treulosigkeit gegen die amici hinzu. Damit
fällt auch der Einwand fort, dass Mar. Max. ja hier ebenso, wie er es oft gethan hat, verschiedene Relationen über
dieselbe Sache zusammengestellt haben könnte. Der Inhalt
des § 7 ist eben keine neue Relation über die vorher behandelte Sache, sondern eine Abschweifung auf ein ganz
anderes Gebiet, worüber Mar. Max. an anderer Stelle berichtet. Auch dieser letztere Umstand spricht noch dafür,
dass 11, 7 nicht aus Mar. Max. stammt. Über das Verhältnis Hadrians zu den amici heisst es nämlich 15, 1—2
(teilweise schon oben angeführt) *amicos ditavit et quidem
non petentes cum petentibus nihil denegaret. idem tamen
facile de amicis, quicquid insusurrabatur, audivit atque
ideo prope cunctos vel amicissimos vel eos, quos summis
honoribus evexit, postea ut hostium loco habuit.* Diese
Stelle weist sogar offenbar auf 11, 3—4 zurück und bildet
die notwendige Ergänzung dazu, während sie 11, 7 wider-

[1] Auch die sprachliche Form *atque huic adjungunt, quae —
adserunt. iungentes...* ist für Spartian bezeichnend.

spricht. Diese letztere stimmt dagegen mit Victor Caess. XIV, 6 überein *hinc orti rumores mali iniecisse stupra pu- beribus (= adultorum amores)*, und wir haben schon oben bei den Gerüchten über den Tod Sabinas gesehen, dass die von Victor benutzte Quelle im Gegensatze zu Mar. Max. die entschiedenste Böswilligkeit gegen Hadrian zeigt.

Ich komme nun zu der wichtigsten Stelle, welche Dürr mit dem Urteil über die *ingenita crudelitas* kombiniert und zur zweiten Grundlage seiner Analyse macht. Es handelt sich um die Verurteilung und Hinrichtung der vier Consularen, welche in der ersten Hälfte des Jahres 118 stattfand. Hadrian war bis dahin als Kaiser noch nicht in Rom gewesen, sondern befand sich an der Donaugrenze, wo Barbareneinfälle drohten. Dass Hadrians Thronbesteigung auf Schwierigkeiten stossen würde, hatte Attian vorausgesehen, und es wäre auch wunderbar gewesen, wenn nicht gerade damals, wo die Thronfolgerfrage bis zuletzt ungelöst geblieben war, sich besonders viele mit ehrgeizigen Hoffnungen getragen haben sollten. Die Adoptionsurkunde erregte daher um so grössere Wut, weil sie einmal in Rom wohl auf ebenso ungläubige Gemüter traf, wie im Orient; sodann weil sie dem ganzen römischen Adel einen früher verachteten Parvenu von provinzialer Abstammung vorzog. Schnell bildete sich eine Verschwörung, um den Verhassten durch einen Dolchstoss zu beseitigen, der Mordanschlag mislang aber, es wurde Untersuchung eingeleitet, und die vier Consularen Palma, Celsus, Nigrinus und Lusius, welche schon früher hochverräterischer Umtriebe verdächtig gewesen waren, zum Tode verurteilt. Wie stellt sich Hadrians Anteil an dieser Verurteilung in der Überlieferung dar? Noch bei dem Totengericht über Hadrian hat die Frage dieses Anteils eine Rolle gespielt. Das gleichzeitige römische Publikum legte ihm die Verurteilung zur Last, Hadrian hat mündlich sofort und später in seiner Autobiographie schriftlich jede Mitschuld abgelehnt. Von Marius Maximus muss man, wenn Dürrs Behauptung von dessen Hass gegen Hadrian richtig ist, erwarten, dass er ihm die Schuld entschieden zuschiebt.

Betrachten wir nun den Bericht Spartians. 7. 1: *Nigrini insidias, quas ille sacrificanti Hadriano conscio sibi Lusio et multis aliis paraverat, cum etiam successorem Hadrianus sibimet destinasset, evasit. 2. quare Palma Tarracenis, Celsus Bais, Nigrinus Faventiae, Lusius in itinere senatu iubente, invito Hadriano, ut ipse in vita sua dicit, occisi sunt. 3. unde statim Hadrianus ad refellendam tristissimam de se opinionem, quod occidi passus esset uno tempore quattuor consulares, Romam venit Dacia Turboni credita, titulo Aegyptiacae praefecturae, quo plus auctoritatis haberet, ornato, et ad comprimendam de se famam congiarium duplex praesens populo dedit ternis iam per singulos aureis se absente divisis. 4. in senatu quoque excusatis quae facta erant iuravit, se numquam senatorem nisi ex senatus sententia puniturum.*[1]

Dürr urteilt über diese Stelle nun so: „Die Nachrichten 7, 2 *senatu iubente invito Hadriano occisi sunt* und 7, 4 *in senatu excusatis quae facta erant* stehen in vollem Widerspruch zu einander und der Schluss auf Verschiedenheit der Quellen für § 1—2 und § 3—4 ist ein zwingender. Der Einschnitt ist schon hinter § 2 zu machen. Denn eine Darstellung, die eben Hadrian von der rechtlichen und moralischen Verantwortung freigesprochen hat, kann nicht unmittelbar darauf berichten, dass er das erbitterte Volk durch Geschenke zu beschwichtigen gesucht habe." — Wer hat Hadrian von aller Verantwortung freigesprochen? Ich denke, er sich selbst. Und dann soll das gleich folgende *ad refellendam tristissimam de se opinionem quod occidi passus esset* nicht von ihm herrühren? Ich denke, wir haben hier ebenso seine eigenen Worte aus der Autobiographie und auch wahrscheinlich aus seiner Rede ans Volk[2] vor uns, wie im § 2. Aber auch über die Verteilung der Spende hat er sicher selbst berichtet. Ob er mit der Angabe des Zwecks *ad comprimendam de se famam*

---

[1] Die Hervorhebungen durch den Druck sollen die Übersicht über die folgende verwickelte Darlegung erleichtern.

[2] Dass er eine solche gehalten, beweist *refellendam* und *in senatu quoque.*

unabsichtlich seine Schuld eingestanden habe, darüber lässt
sich streiten. Ob er nun aber schuldig oder unschuldig war,
in jedem Falle lag ihm, dem *plebis iactantissimus amator*,
daran, das Gerede, welches nun einmal da war, tot zu
machen. Die römischen Kaiser waren viel zu praktisch,
als dass sie sich der Öffentlichkeit gegenüber in das Bewusstsein gekränkter Unschuld gehüllt hätten.[1]

Dürr muss auch noch zu einem anderen Mittel greifen,
um den Einschnitt zwischen § 2 und 3 zu rechtfertigen.
Er giebt zu, dass sich *quod occidi passus esset* mit dem
vorhergehenden *invito Hadriano* vereinigen lasse. Es lasse
sich aber nicht vereinigen mit § 4, während sonst § 3 und
4 durchaus zusammenstimmten. Mit Rücksicht auf § 4 könne
demnach *passus esset* nicht quellenmässig sein, sondern in
der Quelle müsse *jussisset* gestanden haben. Da aber Spartian
eben *senatu jubente* gesagt habe, so könne er doch nun
nicht sofort das Gegenteil sagen. — Die Gewaltsamkeit
des Verfahrens ist offenbar. Denn nach Dürr sagt doch
Spartian im § 4 gleich das direkte Gegenteil von § 2, warum
also nicht in § 3? In der jetzigen Fassung würde nach
Dürr der Anfang des § 3 mit § 4, der Schluss des § 3 mit
§ 2 im Widerspruch stehen. Doch die ganze Verwirrung
ist gar nicht vorhanden, sondern erst von Dürr in die Stelle
hineingetragen, weil derselbe ein Wort falsch aufgefasst

---

[1] Ein anderer Grund, diese Notiz dem Hadrian selbst zuzu-
schreiben, ist der, dass diese Sponde zu den *impensae* für den pop.
Rom. gehört, und über diese Beweise von Munifizenz haben die Kaiser
in ihren Memoiren aufs genauste berichtet, wie das Monum Ancyr.
lehrt. — Wenn Dürr aber auch die erste Verteilung *(ternis ium per
singulos aureis se absente divisis)* mit *ad comprimendam de se famam*
in Verbindung bringt, so nötigt die Stelle dazu nicht. Die erste Verteilung hat, wie die Münzen beweisen (Eckhel VI p. 475 f.), schon im
Jahr 117 gleich nach der Thronbesteigung stattgefunden. Dieselbe ist
mit 5, 7 in Verbindung zu bringen. Wie er dem Heere die Sponde
persönlich erteilte, so verfügte er sie an das Volk brieflich. M. M.
fügt in seiner gänzlichen Gleichgiltigkeit gegen die Chronologie der-
artige Nachrichten an ihm passend erscheinender Stelle ein. Wie das
vorhergehende *Dacia Turboni credita est*, so hat auch diese am Ende
des Satzes stehende Notiz nebst dem Gegensatz *praesens* und *absens*
mit der Hinrichtung der Consularen gar nichts zu thun.

hat. Worin besteht denn der volle Widerspruch zwischen
senatu iubente, *invito Hadriano* und *in senatu excusatis
quae facta erant*, von welchem Dürr ausgeht? Derselbe
ist nur vorhanden, wenn man die zweite Stelle so versteht:
„Auch im Senat entschuldigte er das Geschehene", d. h. er
gab zu, dass es auf seine Veranlassung geschehen sei, gab
jedoch Gründe an, welche ihm die Massregel hätten als
notwendig erscheinen lassen. Wenn die Stelle diesen Sinn
hätte, so würde sie in noch viel schrofferem Widerspruch zu
der angeblich originalen Fassung des § 3 stehen, wo Hadrian
doch die Meinung *quod occidi jussisset* widerlegen will.
Die richtige Auffassung der Stelle beruht auf der Bedeutung
von *excusare*, und es ist hier notwendig, an den Gebrauch
dieses Wortes zu erinnern. Zunächst stimmt derselbe in
der Bedeutung „entschuldigen" mit dem Deutschen vollkommen überein, also *se excusare apud aliquem* oder *alicui*,
oder *excusare aliquam rem*. In der letzteren Verbindung
geht es in die Bedeutung über „etwas als Entschuldigungs-
grund vorschützen" (schon bei Cic.). Später tritt dann der
Begriff der Entschuldigung zurück, und der Hauptbegriff
wird *negare* „mit Angabe von Gründen abschlagen"; so
von amtlichen Verfügungen Plin. epp. I 7 *Baeticis ad-
vocationem excusare*, oder einfach „abschlagen", Tac. ann.
I 44 *Agrippinae reditum excusare*. Zugleich wird *excusare*
technischer Ausdruck von der Ablehnung eines Amts oder
der Demissionserklärung. Da steht es entweder reflexiv,
bezw. medial, z. B. Suet. Aug. 35 *quosdam ad excusandi
se verecundiam compulit servavitque etiam excusatis in-
signe vestis* etc. (= Dio 52, 41, 2 πεντήκοντα ἔπεισεν ἐθε-
λοντάς ἐκστῆναι τοῦ συνεδρίου), oder, und dies ist häufiger,
transitiv mit dem Objekt des Amts oder der Auszeichnung,
vgl. Hirschfeld V. G. p. 267. So z. B. Sev. 9, 11 *excusavit et
Parthicum nomen*. [1] Die Glossen übersetzen daher ganz richtig
παραιτεῖσθαι (durch Bitten abzuwenden suchen) mit *excusare*.

---

[1] In gleicher Bedeutung kommt auch das verwandte *recusare* vor.
Hadr. 6, 3 *triumphum recusare*. Ant. phil. 9, 1 *nomen Armeniacum
recusare* u. ö.

Wie es nun in diesem letzten Falle = *excusando negare,* so ist es aber auch noch == *refellendo negare* „etwas ableugnen, bestreiten, und diese Ableugnung begründen". Cicero braucht so *defendere crimen* „eine Anklage widerlegen, entkräften" (Gegensatz *probare crimen*) vgl. Alex. Sev. 30, 3 *in Alexandro Magno condemnabat ebrietatem et crudelitatem, quamvis utrumque defendatur a bonis scriptoribus.* Hier könnte nun auch ebensogut *excusare* stehn, und es steht so noch an fünf Stellen der Scriptores: Carac. 8, 5 *multi dicunt, Bassianum occiso fratre illi mandasse, ut et in senatu pro se et apud populum facinus dilueret, illum autem respondisse, non tam facile parricidium excusari posse quam fieri.* Macrin. 5, 9 *ad senatum dein litteras misit de morte Antonini divum eum appellans excusansque se et iurans, quod de caede illius nescierit.* Vor allem ist aber für unsern Zweck beweisend Sev. 18, 6 *denique cum occisi essent nonnulli, Severus se excusabat et post eorum mortem negabat fieri iussisse quod factum est. quod de Laeto praecipue Marius Maximus dicit.*[1] Damit steht im Zusammenhange Sev. 13, 6 *vitam suam privatam publicamque ipse composuit ad fidem solum tamen ritium crudelitatis excusans.* Und nun wird hoffentlich nicht mehr bezweifelt werden, dass in unserer Stelle *in senatu quoque excusatis quae facta erant* heisst „auch im Senat lehnte er jede Verantwortung für das Geschehene, jeden Anteil daran ab." Schon das *quoque* macht die Verwandtschaft des Sinnes mit *ad refellendam opinionem quod — passus esset* durchaus notwendig. Nicht nur das *jubere,* sondern auch das *pati* lehnt er ab, d. h. er erklärt, das Geschehene sei gegen seinen Wunsch und Willen.[2] Es zeigt sich also, dass die

---

[1] Die Stelle ist wahrscheinlich durch Glossem erweitert, *post eorum mortem* ist doch ganz sinnlose Wiederholung von *cum occisi essent.* Dass die Stelle aus Severs Autobiographie, und zwar durch Mar. Max., herübergeleitet ist, habe ich in den beiden früheren Abhandlungen über die Scriptores zu zeigen versucht.

[2] Zweifellos wird es ferner durch Dio ἀπελογήσατο καὶ ἐπώμοσε μὴ κεκελευκέναι ἀποθανεῖν αὐτούς. Da Dio nicht sagt, von wem die Verurteilung ausging, so ist das μὴ κελεύσαντα bei ihm gleichbedeutend mit

Stelle mit *invito Hadriano* (7, 2) nicht im Widerspruche,
sondern im vollkommensten Einklange steht.[1] Mit dem
folgenden *iuravit se numquam senatorem nisi ex senatus
sententia puniturum* tritt nun etwas Neues hinzu. Die Ge-
dankenverbindung ist folgende. In diesem Falle ist die Verurteilung gegen meinen Willen geschehen; aber wenn ich
auch einmal eine Anklage notwendig finden sollte, so werde
ich das Urteil dem Senatsgericht überlassen, d. h. mich
auch einem freisprechenden Votum fügen. Damit ist der
von Dürr behauptete Widerspruch gelöst. Nur eine Frage
bleibt noch zu beantworten. Wenn der Senat das Todes-
urteil gefällt hatte, Hadrian aber gar nicht in Rom war,
wie kam das römische Publikum zu jener *tristissima opinio?*
wie konnte es ihn mit der Sache überhaupt in Verbindung
bringen? Um dies zu verstehen, muss man an das Verhältnis der Kaiser zur Kriminaljurisdiktion denken.[2] Dem
ordentlichen Quaestionenprozess gegenüber steht das Senats-
und das Kaisergericht, welche beide vorzugsweise gegen
Personen aus den höheren Ständen, d. h. in politischen
Prozessen angewandt wurden, und welche sich beide als
ausserordentliche Verfahren darstellen, weil weder der Senat
noch der Kaiser genötigt waren, eine an sie gelangende
Sache anzunehmen. Beim Senatsgericht wird der Prozess
von den Consuln, bei denen die Anklage erhoben wird,
instruiert und geleitet; dieselben sind an die Urteilsfindung
des Senats gebunden. Formell ist diese Kriminalbehörde
vom Kaiser unabhängig. Thatsächlich hatte aber das Pub-

„er habe es nicht gewollt". Spartian durfte aber *iubere* nicht brauchen,
und dass er es nicht gethan, spricht für die vollkommene Einheitlich-
keit seines Berichts. Bei Dio wird der vor Spartian hier angeknüpfte
Eid anderswo erwähnt. Dio berichtet aus der Zeit des Regierungs-
antritts 69, 2, 4 ἐν ἐπιστολῇ τινι ἔγραψε τά τε ἄλλα μεγαλοφρονησάμενος καὶ
ἐπομόσας μήτε τι ἔξω τῶν τῷ δημοσίῳ συμφερόντων ποιήσειν μήτε βουλευτήν
τινα ἀποσφάξειν. Nach Spartian hätte er dann bei dieser Gelegenheit
den Schwur persönlich wiederholt, was sehr natürlich ist.

[1] Die Kaiser haben wiederholt den Übereifer des Senats in solchen
Fällen gerügt, cf. Mommsen St. R. II S. 109 A. 5, wo auch auf unsere
Stelle verwiesen wird.

[2] Cf. Mommsen St. R. II p. 105 ff. p. 894 ff. p. 1032.

likum von der Selbständigkeit derselben die allerschlechteste
Meinung. Denn der Senat gab sich zum gefügigsten Werk-
zeuge des Principats her, lauschte auf Winke der Kaiser
und ging im Loyalitätseifer (vgl. oben S. 30 A. 1) oft weiter,
als den Kaisern wirklich oder wenigstens angeblich lieb
war. Und wenn Dio, der doch selbst im Senat gesessen
hat, sagt, dass der Senat es nie gewagt habe, dem kaiserlichen Antrage entgegen freizusprechen, so beweist das,
wie der Senat selbst über seine Selbständigkeit dachte.
Aber auch direkt kann der Kaiser an dem Urteil des
Senatsgerichts beteiligt und dafür verantwortlich sein,
1) wenn er als Consul einem solchen Gericht präsidiert,
2) wenn er von seinem Relations- und Abstimmungsrecht
als ständiger princeps senatus Gebrauch macht, 3) wenn
er gegen die Annahme der Anklage oder die Verurteilung
kraft der trib. pot. nicht interzediert, und endlich 4) wenn
die Delegatare des Kaisers, der praef. urbi und vor allem
der praef. praet. im Auftrage des Kaisers das Senatsgericht
in Bewegung setzen.[1]

Da nun in diesem Falle, wie ausdrücklich gesagt wird,
das Senatsgericht den Prozess verhandelt hat, so muss einer
der obigen Fälle die für Hadrian ungünstige Meinung hervorgerufen haben. Der allgemeine Unwille wäre sonst unerklärlich. Nun war Hadrian consul ordinarius des Jahres
118 und zwar für die ersten sechs Monate, in welche der
Prozess fallen muss.[2] Dieser Umstand kann aber ebenso

---

[1] Dass der praef. praet. als faktischer Stellvertreter des Kaisers
dies gekonnt hat, ist selbstverständlich. Schon zu republikanischer Zeit
ist der Stellvertreter des Oberamts befugt, die Bürgerschaft und den
Senat zu berufen und giltige Volks- und Senatsbeschlüsse zu bewirken.
Mommsen St. R. I p. 649.

[2] Dürr hat nachgewiesen, dass Hadr. in den ersten Tagen des
August 118 nach Rom gekommen ist. Zwischen dem Prozess und seiner
Ankunft liegt aber erstens die Frist bis zur Vollstreckung. Dann hat
es doch immer eine kurze Zeit gedauert, bis die allgemeine Entrüstung
eine solche Höhe erreichte, dass man in Hofkreisen für gut hielt,
Hadrian davon zu benachrichtigen. Nimmt man die Zeit für die Brief-
sendung an Hadrian und für dessen Rückreise nach Rom hinzu, so
muss der Prozess spätestens Ende Juni 118 angesetzt werden.

wenig wie der zweite und dritte mit der Sache etwas zu
thun haben, weil Hadrian nicht in Rom war. So bleibt allein
übrig, dass Attianus als praef. praet. das Senatsgericht
durch Einreichung der Anklage, vielleicht unter Angabe
der kaiserlichen Zustimmung, benutzt hat, um Hadrian von
einer Reihe gefährlicher Gegner zu befreien.[1] Dass nämlich
Attianus, wenigstens nach aussen hin, die ganze Aktion
gegen die widerstrebende Aristokratie in Scene gesetzt hat,
geht schon hervor aus 5, 5—6 *tantum autem statim clementiae studium habuit, ut cum sub primis imperii diebus
ab Attiano per epistolas esset ammonitus, ut et Baebius Macer
praefectus urbis, si reniteretur eius imperio, necaretur, et La-
berius Maximus ... et Frugi Crassus, neminem laederet; quamvis
Crassum postea procurator . . iniussu eius occiderit.* Der
Fall ist dem unsrigen ganz gleichartig. Von dem unsrigen
wird es aber ausdrücklich gesagt 9, 3 *cum Attiani, prae-
fecti sui et quondam tutoris, potentiam ferre non posset,
nisus est eum obtruncare, sed revocatus est, quia iam
quattuor consularium occisorum, quorum quidem necem
in Attiani consilia refundebat, premebatur invidia.* Der
Ausdruck der ganzen Stelle ist sehr unbestimmt und unvollständig. Es fehlt jeder Hinweis auf das gerichtliche
Verfahren, überhaupt auf alle näheren Umstände, durch

---

[1] Ob er wirklich eigenmächtig handelte, oder ob das Ganze ab-
gekartet war, wird natürlich für immer ebenso in Dunkel gehüllt bleiben,
wie die Adoptionsfrage. Hier kommt es aber auch zunächst nur darauf
an, die Beschaffenheit und Entstehung von Spartians Bericht zu unter-
suchen. Es handelt sich darum, ob 7, 3—4 für oder gegen Hadrian
spricht. Bis auf Dürr hat noch niemand hier eine feindselige Tendenz
herausgelesen. Wäre sie vorhanden, so müsste der Urheber doch
wenigstens seine persönliche Überzeugung von der Schuld Hadrians
deutlich durchblicken lassen, wie dies 9, 3 geschieht. Der Bericht Dios
ist hier so verstümmelt, dass für die Einzelheiten der Sache wenig
daraus zu gewinnen ist. Das schlimme ist, dass die Verurteilungen der
ersten und letzten Regierungsjahre zusammengeworfen werden. Dass
aber gegen die Consularen ein gerichtliches Verfahren stattgefunden hat,
beweist der Ausdruck ἐγκλήματα, und deshalb kann μὴ κεκελευκέναι ἀποθανεῖν
αὐτούς nur den Sinn haben, die Verurteilung sei gegen seinen Willen
erfolgt. Auch von der Verurteilung des 'enats heisst es ja *senatu
jubente occisi sunt.*

welche die Tötung veranlasst wurde. Es wird nur angedeutet, wie Hadrian die Schuld von sich abzuwälzen suchte, was wieder in der Stelle 7, 1—4 fehlt. Sachlich ergänzen sich die Stellen also, grundverschieden sind sie aber in der Tendenz. Denn hier, und nicht 7, 3—4, wird Hadrian für den eigentlichen, Attian nur für den vorgeschobenen Urheber der Verurteilung erklärt — was neben *senatu inbente* durchaus bestehen kann, denn der Senat wurde nur als Werkzeug benutzt —, und damit ist nun auch erklärt, wie jene *tristissima opinio* entstand. Da der von Dürr für 7, 1 4 behauptete Widerspruch nicht besteht,[1] so ist diese Kombination die einzig mögliche.

Es bleibt mir nun noch eine Stelle zu behandeln. Auf jene Verteidigung Hadrians folgt ein Bericht über die ausserordentliche Munifizenz Hadrians in den ersten Regierungsjahren bis zum Antritt der ersten grossen Reise, ferner in cap. 8 eine Darlegung seines Verhaltens gegen den Senat und die Aristokratie, durchweg in so günstigem Tone gehalten, dass hier fortlaufend Hadrians Autobiographie als indirekte Quelle angenommen werden muss. In cap. 9 reisst wieder der Faden mit dem sinnlosen *inter haec* plötzlich ab, und der Ton schlägt von neuem in die entschiedenste Feindseligkeit um. Dabei werden zwei bereits früher vorgebrachte Nachrichten in einer so veränderten Form und Auffassung wiederholt, dass Spartian offenbar weder die Wiederholung noch den Unterschied erkannt hat. Deshalb ist unzweifelhaft, dass Spartian hier selbst die Quellen gewechselt hat. Und zwar geht er nach Dürr in 9, 1—6 von jenem Ano-

---

[1] Die übrigen Bemerkungen Dürrs über 7, 1—4 werden durch die falsche Erklärung von *excusare* gleichfalls hinfällig, auch die Erklärung von *quorum necem — refundebat*. Die Entschuldigung, dass er sich dem Drängen Attians nicht widersetzt habe, wäre von Hadrian sehr thöricht gewesen. Denn damit wäre er in den Augen des Volkes natürlich ebenso schuldig gewesen, als hätte er die Verurteilung veranlasst. Dürr übersieht eben, dass Hadrian nicht nur jeden Anteil daran, sondern auch den Willen dazu *(invito Hadriano, ut ipse dicit)* ableugnet, und dies steckt auch in *necem in consilia Attiani refundebat*; denn *consilia* braucht ja nicht Ratschläge zu bedeuten.

nymus zu Marius Maximus über, weil die Tendenz hier eben
wieder durchaus feindselig wird.

Wir haben nun gesehen, dass 7, 3—4 nicht feindselige
Tendenz hat, vielmehr sicher aus derselben Quelle, wie 7,
1—2 und weiter das ganze 7. und 8. Kapitel stammt. Dann
kann aber Mar. Max. in 9, 1—6 nicht Quelle sein. Dafür
gibt es auch noch einen anderen Beweis, der somit zu einer
Bestätigung meiner ganzen obigen Analyse wird. Es besteht,
wie Dürr richtig bemerkt hat, ein unlösbarer Widerspruch
zwischen 8, 7 *senatus fastigium in tantum extulit difficile
faciens senatores, ut cum Attianum ex praefecto praetorii
ornamentis consularibus praeditum faceret senatorem, nihil
se amplius habere, quod in eum conferri posset, ostenderit,*
und der Fortsetzung der oben angeführten Stelle 9, 3 . . .
*cui (Attiano) cum successorem dare non posset, quia non
petebat, id egit, ut peteret, atque, ubi primum petit, in
Turbonem transtulit potestatem; cum quidem etiam Simili
alteri praefecto Septicium Clarum successorem dedit. Summotis his a praefectura* etc. Bekanntlich erfolgte die Entfernung der Gardepräfekten von ihrem Amt in den ersten
beiden Jahrhunderten durch Verleihung der Senatorenwürde,
weil bis auf Alexander Severus der Regel nach nur Ritter, aber
nicht Senatoren die Gardepräfektur bekleiden durften. Nun
hat nach 8, 7 Hadrian die Beförderung Attians zum Senator
als die höchste Auszeichnung Attians ausgegeben. 9, 4 dagegen wird nur die aus Hass betriebene Absetzung Attians
betont und die Verleihung des senatorischen Ranges nicht
nur nicht erwähnt, sondern auch durch den Ton und Zusammenhang ausgeschlossen. Mar. Max. kann aber nicht
gesagt haben *cui cum successorem dare non posset,
quia non petebat,* denn wir wissen von ihm, dass er *in
multorum vita* das Gegenteil gesagt hat. Al. Sev. 21, 3—4:
*Praef. praetorii suis senatoriam addidit dignitatem ... quod
antea vel raro fuerat vel omnino diu non fuerat, eo usque
ut si quis imperatorum successorem praef. praet.
dare vellet, laticlaviam eidem per libertum summitteret,
ut in multorum vita Marius Maximus dixit.* Da nun
die Entfernung Attians nach 8, 7 durch die Verleihung des

breiten Purpurstreifs erfolgte, so ist diese Stelle ein voll-
giltiger Beweis dafür, dass 9, 4 und damit die ganze Stelle
9, 1—7 nicht aus Mar. Max., sondern nur aus einer Quelle
stammen kann, in deren Zeit die Gardepräfekten
notwendig senatorischen Rang hatten, d. h. aus
einer nachmarianischen Quelle. Dazu kommt folgendes.
Die Stelle 15, 2, welche Dürr auch dem Mar. Max. zuschreibt, und zwar mit Recht, steht mit 9, 4 auch im
Widerspruch. *Idem tamen facile de amicis quicquid in-
surrabatur, audivit, atque ideo prope cunctos vel amicissimos vel eos quos summis honoribus evexit postea ut
hostium loco habuit, ut Attianum et Nepotem et Septicium
Clarum.* Nicht nur das Motiv weicht ab — 9, 4 sind es
Denunziationen der Geheimpolizei,[1] was von *cum potentiam
ferre non posset* himmelweit verschieden ist -- sondern, was
wichtiger ist, nach dieser letzten Stelle, fällt die Feindschaft
Hadrians gegen Attian später, als die Verleihung der Senatorenwürde an den letzteren oder seine Enthebung von der
Gardepräfektur. Daraus ergibt sich zugleich, dass 15, 2
(*summis honoribus evexit*) zu 8, 7 (*cum Attianum ex praefecto praetorii ornamentis consularibus praeditum faceret
senatorem, nihil se amplius habere, quod in eum conferri
posset*) vortrefflich stimmt. Denn nur die Senatorenwürde
mit den konsularischen Insignien kann unter den an Attian
verliehenen *summi honores* verstanden werden, nicht aber
die Gardepräfektur. Attian ist nämlich gar nicht von
Hadrian, sondern unzweifelhaft schon von Trajan zum Gardepräfekten ernannt worden. Dies hat schon Hirschfeld (im
Verzeichnis der praef. praet. in der V. G.) als wahrscheinlich bezeichnet, jedoch ohne Gründe anzuführen. Solche
liegen aber in mehreren Nachrichten aus der Zeit des Re-
gierungswechsels. Attian befindet sich nebst den nächsten
Angehörigen in den letzten Tagen Trajans in dessen Um-
gebung und begleitet mit Plotina und Matidia die Leiche

[1] An den anderen Stellen, wo diese und andere Männer erwähnt
werden, ist dies Motiv konsequent festgehalten, cf. 11, 3. 23, 4. 23, 8.
24, 6 — 7.

des Kaisers nach Rom. Er und Plotina sind es, welche die
Adoptionsurkunde fälschen. Das hätte aber nichts genützt,
wenn nicht die Truppen für Hadrian gewonnen worden
wären, und dass sich diese in Antiochia *praepropere* für
Hadrian erklärten, findet auch durch den Einfluss des in
der Nähe (in Selinunt in Cilicien) befindlichen Attian die
beste Erklärung. Jedenfalls muss Attian schon nach jenen
ersten Thatsachen sich in einer leitenden Stellung befunden
haben, und da er Ritter war, kann das eben nur die Gardepräfektur gewesen sein.

Daraus erklärt sich weiter die briefliche Aufforderung
Attians, welche er in den ersten Tagen nach dem Tode
Trajans, also noch von Selinunt aus, an Hadrian richtete,
die vermutlichen Führer der Opposition töten zu lassen (5, 5).
Da Attian nach Rom ging, Hadrian aber noch im Orient
blieb, erbat er sich damit die nötige Vollmacht, welche er
hernach gegen die Consularen geltend machte, ohne sie nach
Hadrians Behauptung zu besitzen. Endlich liegt es doch
in den Worten 9, 6 *summotis his (Attiano et Simili) a praefectura, quibus debebat imperium* klar ausgesprochen: als
Präfekten verdankte er ihnen die Herrschaft. Wenn nun
also unter den summi honores (15, 2) nicht die Gardepräfektur, sondern die Senatorenwürde zu verstehen ist,
während thatsächlich in ihrer Verleihung die Absetzung von
der Gardepräfektur enthalten war, so hat Mar. Max. nach
15, 2 die Verleihung nicht aus feindlichen Absichten Hadrians
hergeleitet, sondern wirklich für eine Rangerhöhung angesehen.[1] Worin sich später die Feindseligkeit Hadrians
gegen Attian äusserte, erfahren wir nicht. Es ist aber gar
nicht notwendig, dass sie sich in Thaten geäussert hat.
Auch Pletorius Nepos gegenüber bleibt es bei der feindseligen Gesinnung (23, 4), welche durch Argwohn erregt
wird, was genau dem *quicquid insusurrabatur* entspricht.

Wenn also aus den entwickelten Gründen 9, 3—4, so
muss die ganze Stelle 9, 1—6 dem Mar. Max. abgesprochen

---

[1] Eine nominelle Beförderung wenigstens lag in diesem Standes-
wechsel, cf. Mommsen St. R III S 508 f.

werden, wahrscheinlich das ganze Kapitel. Der Anfang stimmt im Motiv mit Eutrop 8, 6 überein. Denn *omnia quae displicere vidisset Hadrianus, mandata sibi secreto a Trajano simulabat* hat denselben Sinn, wie *Trajani gloriae inridens*, und *multas provincias a Trajano adquisitas reliquit* ist sogar fast wörtlich gleich *provincias tres reliquit quas Trajanus addiderat*.[1] Von 9, 6 ab wird der Ton zwar wieder günstig, aber der ganze Rest des c. 9 ist eine wüste Zusammenstoppelung von Notizen, welche Spartian noch an anderen Stellen in besserer Form und besserem Zusammenhange bringt. Meiner Meinung nach haben wir in c. 9 dieselbe Quelle vor uns, deren Spuren wir oben schon mehrfach bei Aurelius Victor erkannt haben, wahrscheinlich ist es die von Enmann nachgewiesene verlorene Kaisergeschichte, welche ja neben Mar. Max. in den Hauptvitae als Quelle auftritt, am auffallendsten in der vita Marci und Severi.

Damit ist Dürrs Beweisführung widerlegt, aber die Frage noch nicht erledigt. Es handelt sich darum, nun noch mehr positive Argumente gegen Dürrs und für meine Auffassung des Quellenverhältnisses beizubringen. Zunächst haben wir ausser bei Eutrop und Victor auch bei Spartian eine deutliche Spur davon, dass Nachrichten, welche nicht bloss ungünstig für Hadrian sind, sondern eine entschieden böswillige Tendenz gegen ihn verraten, nicht dem Mar. Max., sondern nachmarianischen Quellen entstammen. Spart. Hel. 3, 8—9[2] *fertur denique ab is, qui Hadriani vitam diligentius in litteras rettulerunt, Hadrianum Veri scisse genituram et eum, quem non multum ad remp. regendum probarat, ob hoc tantum adoptasse, ut suae satisfaceret voluptati et, ut quidam dicunt, iuri iurando, quod intercessisse inter ipsum ac Verum secretis conditionibus ferebatur. fuisse enim Hadrianum peritum matheseos Marius Maximus usque adeo demonstrat, ut eum dicat cuncta de*

---

[1] Eutrop hat bekanntlich den Mar. Max. gar nicht benutzt.

[2] Meine Erörterung der wichtigen Stelle (Mar. Max. S. 23) ist von Dürr nicht richtig aufgefasst worden.

se scisse, sic ut omnium dierum usque ad horam mortis futuros actus ante perscripserit.

Ist Mar. Max. unter den *ii, qui Hadriani vitam dili-gentius in litteras rettulerunt* einbegriffen? Müller hat das als selbstverständlich angenommen, sicherlich mit Unrecht. Spartian hat das obige Citat des Mar. Max. samt der ganzen Stelle nicht aus Mar. Max. selbst, sondern aus einer sekundären Quelle abgeschrieben, weil er selbst diese Stelle in der Biographie Hadrians aus Mar. Max. selbst in anderer und zwar vernünftiger, also dem Originale mindestens näher stehender Fassung giebt.[1] Nach Mar. Max. berech-nete Hadrian bei Beginn jedes Jahres mit Hilfe seiner astrologischen Kenntnisse die ihm in diesem beginnenden Jahre bevorstehenden Ereignisse vorher. Daraus haben jene Nachschreiber ein Vorauswissen sämtlicher Lebens-schicksale überhaupt gemacht und sich dann aus dieser gedankenlosen Auffassung die thörichte Frage konstruiert, warum denn Hadrian den Helius adoptiert habe, da er doch hätte wissen müssen, dass die Adoption wegen des frühen Todes des Helius nutzlos sei. Den Grund *ut suae satisfaceret voluptati* entnahmen sie dem Verhältnis zu Antinous, und einige dichteten noch einen Eid hinzu, der auch wahrscheinlich seine Analogie in den mystischen Ur-sachen von Antinous' Tode hat. Wegen dieser Angaben bezeichnet nun die Quelle Spartians jene *ii* als die sorg-fältigeren Biographen Hadrians im Gegensatz zu Mar. Max., der diese Abgeschmacktheiten nicht enthalten hat. Denn sonst wäre er ja gleich für das Ganze als Gewährsmann angeführt. — Hier werden also ausdrücklich solche Urheber böswilliger Nachrichten bezeugt, zu denen M. M. nicht ge-hört hat. —

Sodann gibt es auch noch einen positiven Beweis dafür, dass Mar. Max. auch in dem Reisebericht die Quelle Spartians ist, mit andern Worten, dass er es ist, durch welchen die aus der Autobiographie Hadrians stam-menden Stücke in die vita Spartians geleitet sind. Dieser

---

[1] cf. Hadr. 16, 7 und dazu meine Ausführungen a. a O. p. 22 f.

Beweis stützt sich auf die Stelle Hadr. 12, 3—4: *post haec Hispanias petit et Tarracone hiemavit, ubi sumptu suo aedem Augusti restituit, omnibus Hispanis Tarraconem in conventum vocatis dilectumque ioculariter, ut verba ipsa ponit Marius Maximus, retractantibus Italicis vehementissime ceteris prudenter et caute consuluit*. Die Stelle hat Dürr nicht geringe Verlegenheit bereitet. Denn er behauptet ja, dass M. M. im Reisebericht nur als „subsidiäre" Vorlage herangezogen sei; die aus ihm stammenden Nachrichten gäben sich als fremde Zuthaten zu erkennen. Nun muss er aber von der obigen Nachricht zugeben, dass sie inhaltlich in den Zusammenhang passt, also nicht als fremde Zuthat erscheint, „sie lässt sich aber immerhin ohne Gewaltsamkeit auch herauslösen". Er erklärt sie für eine „anekdotenhafte" Notiz, wozu ihn wohl das Wort *iocculariter* verleitet hat. Denn anderswo spricht er davon, dass dem Mar. Max. *verba jocularia* besonders eigentümlich seien. Was es mit dieser angeblichen Anekdotenjägerei des M. M. auf sich habe, habe ich schon in den Krit. Beitr. S. 20 f. erörtert. Doch das ist das wenigste. Welchen Sinn hat die Stelle? Dürr hat sich in seiner Analyse darauf gar nicht weiter eingelassen. In der Darstellung der Reisen (S. 36) giebt er dieselbe so wieder; „Hadrian liess sich auf einem allgemeinen Landtag die Wünsche und Bedürfnisse der Bevölkerung vortragen". Dass die Stelle das nicht bedeuten kann, braucht nicht bewiesen zu werden. Casaubonus und Salmasius sind in der Auffassung der Stelle auch uneins. Der erstere lässt den Vordersatz bis *retractantibus* gehen und zieht *Italicis* und *ceteris* zu *consuluit*, welches er in der Bedeutung von „gegen jemand verfahren" fasst. Der Sinn würde dann sein: „Hadrian berief alle Spanier nach Tarraco zu einer Versammlung, und als dieselben sich der Aushebung widersetzten, verfuhr er gegen die (in Spanien angesiedelten) Italiker sehr strenge, gegen die übrigen aber klug und vorsichtig". — Diese Auffassung ist sicher unrichtig, weil *consulere* in dieser Bedeutung unbedingt mit der Präp. *in* verbunden werden muss. Vielmehr haben wir mit Salmasius zwei vollständige

Abl. abs. anzunehmen, deren zweiter zwei Subjekte, *Italicis* und *ceteris*, hat, welche mit den Adv. *joculariter* und *vehementissime* anastrophisch gestellt sind. Für den Hauptsatz bleiben dann allein die Worte *prudenter et caute consuluit* übrig, und es ergiebt sich dann folgender Sinn: „Als auf einer allgemeinen spanischen Landesversammlung in T. die Italiker einer militärischen Aushebung scherzhaft, die übrigen sehr heftig sich widersetzten, traf Hadrian kluge und vorsichtige Massregeln". — Auch so ist der Sinn unvollständig, weil nicht angegeben wird, welche Massregeln er traf. Spartian hat hier wieder durch willkürliche Auslassung seine Vorlage verstümmelt. Die Mauren waren im Aufstande begriffen, und es gelang Hadrian, durch seine Generale diesen Aufstand so schnell und gründlich niederzuwerfen, dass der Senat ein Dankfest beschloss (12,7 *motus Maurorum compressit et a senatu supplicationes emeruit*). Daraus folgt, dass Hadrian ein starkes Heer zusammengebracht, mit anderen Worten, dass er den Widerstand der Spanier gegen die Aushebung[1] durch jene klugen und vorsichtigen Massregeln zu überwinden gewusst hat. Die letzteren bestanden zunächst wohl in einer freigebigen Lieferung der Ausrüstung (17,2 *iis quos ad militiam ipse per se vocavit equos mulos vestes sumptus et omnem ornatum semper exhibuit*), vielleicht auch noch in der Verleihung anderer staatsrechtlicher oder finanzieller Vorteile (vgl. 21,7 *Latium multis civitatibus dedit, tributa multis remisit*). Doch wie dem auch sei, so viel ist jedenfalls klar, dass der Inhalt jener Stelle durchaus nicht als anekdotenhaft bezeichnet werden kann, dass es sich da vielmehr um wichtige politische Massregeln handelt. Diese Nachricht für eine fremde, äusserliche Zuthat erklären heisst der Sache zu Gunsten einer vorgefassten Meinung Gewalt anthun. Denn aus dem Bericht über H.s Aufenthalt in Spanien ist sie die wichtigste, und wenn sie, so liesse sich jede Nachricht über H.s Thätigkeit

---

[1] Vielleicht steht dieselbe auch mit der Gründung des Lagers von Lambäsis im Zusammenhange, welche ja im Jahre 123 erfolgte. Jenen Landtag in Tarraco hielt Hadrian Ende 122 ab.

und Erlebnisse in den einzelnen Provinzen „ohne Gewaltsamkeit herauslösen". —

Ist nun aber Mar. Max. in allen übrigen Teilen der
vita Hauptquelle, wie Dürr zugiebt, und ist er auch
noch an einer wichtigen Stelle des Reiseberichts als Quelle
nachgewiesen, so schwindet auch der letzte Schein eines
Grundes, für den Reisebericht eine andere Hauptquelle
zu suchen, als ihn. Er ist es dann, wie gesagt, auch,
welcher zwischen der Autobiographie Hadrians und Spartian
durchweg die Mittelquelle bildet. In der eben behandelten
Stelle wird uns dies sogar ausdrücklich gesagt. Spartian
citiert dort den Mar. Max. in wunderlicher Weise: *ut verba
ipsa ponit Marius Maximus.* Dafür giebt es nur eine
Erklärung: bei Mar. Max. hat gestanden *verba ipsa pono*,
nämlich *eius* = Hadriani, was bei ihm wohl durch den Zusammenhang klar war. Dies hatte ich schon in meiner
ersten Abhandlung bemerkt.[1] Dürr giebt die Möglichkeit
zu, erklärt es aber für wahrscheinlicher, dass Spartian hier
selbständig citiert habe und den Leser mit jenen Worten
auf die Lektüre des M. M. selbst verweisen wolle. Wie das
aus *ut verba ipsa ponit* herausgelesen werden soll, ist unverständlich. Vielmehr haben die Scriptores, wenn sie den
Leser an die von ihnen gekürzte Quelle weisen wollen, dafür Wendungen, wie *si quis omnem hanc historiam scire de-
siderat, legat Marium Maximum (Avid. Cass. 9)*, oder *orationem
(epistulam) longum fuit conectere, quam qui velit scire, legat …*
oder ähnliche Wendungen, welche ausserordentlich häufig vor-
kommen. Jene Worte können diese Bedeutung aber nimmermehr haben. Dagegen giebt es eine Stelle bei Sueton, welche zu
meiner Auffassung vollkommen stimmt, *Aug. 58 cui respondit
Augustus his verbis (ipsa enim sicut Messalae posui)*, wo
durch den Zusammenhang das *eius* auch überflüssig geworden ist.

Jenes Citat Spartians verstärkt also durch ein aus-
drückliches Zeugnis den von Dürr geführten Beweis, dass
der Reisebericht auf Hadrians Autobiographie zurückgeht;

---

[1] M. M. etc. p. 19.

es beweist aber auch zugleich gegen Dürr, dass Spartian
nicht aus einem unbekannten Dritten, sondern aus Mar. Max.
den Bericht Hadrians herübergenommen hat.

Dass Mar. Max.' Darstellung schon Günstiges und
Ungünstiges vereint habe, sagt jene Stelle, auf welche Dürr
seine ganze Ansicht gebaut hat, ausdrücklich. Es erklärt sich
ferner vollkommen aus der Charakterbeschaffenheit Hadrians.
Aber selbst ohne diese Zeugnisse wäre meine Annahme keine
zu kühne. Sueton benutzt in der Biographie des Augustus
neben dessen eigenen Darstellungen, den Memoiren und dem
Monumentum Ancyranum, Quellen von entschieden antiaugus-
tischer Färbung. Bei Plutarch vollends ist es durchstehender
Grundsatz, Zeugen beider Parteien zu hören.[1] So benutzt er im
Philopoemen ausser Polybius auch eine antiachäische Quelle.
Am auffallendsten aber tritt der Grundsatz in der Biographie
des Antonius hervor, wo sich die Quellen noch ein litterarisches
Aktium zu liefern scheinen. In einigen Partien erscheint Antonius im hellsten Licht, der Zauber seiner Persönlichkeit, sowie
seine militärische Tüchtigkeit werden eindringlich geschildert,
der Miserfolg im Partherfeldzuge wird gegen die Wahrheit
dem treulosen Verrat des Feindes aufgebürdet. So lautet
die Schilderung, wo Plutarch dem Dellius, dem Freunde des
Antonius, folgt. Wo dagegen Augustus oder seine Partei-
gänger das Wort führen, da erscheint Antonius als der
vollkommenste Wüstling, der Kleopatra gegenüber als un-
männlicher Schwächling, der Octavia gegenüber als treu-
und herzloser Gatte, und ihm allein wird die Schuld am
letzten Bürgerkriege zugeschoben. Was bei Plutarch die
Regel ist, das darf bei Mar. Max. nicht unglaublich gefunden werden.

Man wende nun aber nicht ein, dass Mar. Max. ja
dann auch wohl schon Nachrichten, wie 5, 3 und 9, 1
(über die Aufgabe der Provinzen) enthalten haben könne.
Man vergesse nicht, dass zwischen Mar. Max. und Spartian
noch ein Unterschied ist. M. M. hat verschiedene
Handlungen Hadrians verschieden beurteilt, er hat

---

[1] Nissen, Krit. Unters. über die 4. und 5. Dekade des Liv. p. 281.

ferner seine Handlungsweise als eine in verschiedenen
Zeiten verschiedene hingestellt (bestes Beispiel die oben
besprochene Stelle über das Verhalten gegen die *amici*
15, 2), er hat ferner tendenziös gefärbten Behauptungen
Hadrians Berichtigungen oder abweichende Behauptungen
anderer unmittelbar gegenübergestellt[1] : mit anderen
Worten, er hat, was von vornherein das natürliche ist,
seine Biographie aus der Autobiographie und anderen
Quellen zusammengearbeitet, und das ungünstige Urteil
dieser letzteren über Hadrians Charakter hat er zu dem
seinigen gemacht.[2] — Davon ist aber himmelweit verschieden
das Verfahren Spartians und der Scriptores überhaupt, welches
ich an anderer Stelle mit anderem Beweismaterial geschildert
habe[3], und welches sich auch in den Stellen 5, 3—9, 1
(Aufgabe der Provinzen) und 8, 7 9, 3 (Verfahren gegen
Attianus) zeigt.   Hier wird über dieselbe Sache an verschiedenen Stellen, welche zu einander in keine Beziehung
gesetzt sind, völlig Widersprechendes berichtet. Dieser
Umstand allein verbürgt mit Sicherheit einen von den Scriptores vorgenommenen Quellenwechsel. Ein solcher darf jedoch aus widerspruchsfreier Wiederholung einzelner Nachrichten, wenn nicht andere Gründe hinzukommen, noch nicht
geschlossen werden. Solche Wiederholungen einzelner Nachrichten hat nämlich unzweifelhaft auch schon Mar. Max.
enthalten, und sie waren namentlich dann kaum zu ver-
meiden, wenn M. M. eine chronologisch darstellende Hauptquelle mit anderen Quellenbestandteilen gemischt in seine

---

[1] So 2, 10 (cf. meine Krit. Beitr. S. 25.) Dasselbe thut Dio 69,
11, 2. — Ebenso glaube ich, dass schon M. M. die Stelle 4, 8—10 enthalten hat.   Dio beginnt mit bestimmter Polemik gegen Hadrians Behauptung von seiner Adoption durch Trajan; Mar. Max. stellt der Behauptung Hs. die *frequens opinio* des Gegenteils gegenüber und bezeichnet damit die Frage als eine unentschiedene und unentscheidbare,
womit er vollkommen Recht hat. — Sueton stellt ja eine solche *diver-
sitas opinionum* auch häufig genug zusammen.

[2] Denn dass schon vor Mar. Max. ähnlich geurteilt ist, beweist
Fronto.

[3] Mar. Max. als dir. u. indir. Quelle der Script. — Krit. Beitr,
z. d. Script. S. 12 ff. S. 18.

bekannte schematische Darstellung umgoss, dabei aber die chronologische Darstellung für manche Teile doch nicht umgehen konnte, z. B. bei den auf den Thronwechsel folgenden Ereignissen, bei den Reisen und den Ereignissen der letzten Lebensjahre. So ist es gekommen, dass manche Thatsachen sowohl unter zeitlichem als auch unter sachlichem Gesichtspunkt angeführt werden.

Ich will mich durch Beispiele näher erklären. 7, 12 werden die *ludi* seines ersten kaiserlichen Geburtstages, 9, 9 die seiner Schwiegermutter veranstaltete Leichenfeier chronologisch an richtiger Stelle erwähnt. Die Wiederholung beider Nachrichten 19, 5 und 7 geschieht unter der Rubrik: *munera gladiatoria, spectacula, ludi.*[1] — Der grosse Steuererlass wird 7, 6 an chronologisch richtiger Stelle erzählt, dann nochmals 21, 7 kurz angedeutet unter der Rubrik: Munifizenz gegen die Provinzen.[2] — Die Aufgabe der Provinzen steht 5, 4 an der richtigen Zeitstelle; wiederholt wird dieselbe in anderer Form unter der Rubrik: Verhältnis zu auswärtigen Fürsten.[3] — Dies Verhältnis zu fremden Fürsten kommt aber auch noch an anderen Stellen vor, 13, 9 im Reisebericht mit Beziehung auf Ort und Zeit, 17, 10—12 unter dem Gesichtspunkt: Geschenke an auswärtige Fürsten. — Umgekehrt wird bei dem Verhalten gegen die *amici* der Hass gegen Pletorius Nepos (15, 2) und der Todesbefehl gegen Servianus (15, 8) vorausgenommen und dann an der chronologisch richtigen Stelle 23, 2. 4. 7—8 wiederholt. Die nochmalige Wiederholung aber 25, 8, welche noch den Fehler *sub ipso mortis tempore* enthält, muss aus einer sekundären Quelle von Spartian hineingeflickt sein. Denn die Verurteilung des Servian ist zwei Jahre vor dem Tode Hadrians erfolgt. Dass dagegen die Wiederholungen in cap. 23 bereits in der Vorlage vorhanden gewesen und von dieser mit Bewusstsein

---

[1] Derselbe Gesichtspunkt im Monum. Ancyr. cap. 22.

[2] 7, 6 *provinciis ingentes summas remisit.* 21, 7 *tributa multis civitatibus remisit.*

[3] vgl. dieselbe Rubrik im Mon. Anc. cap. 32 f.

gemacht sind, beweisen die Zeitbestimmungen *postea, ante,
tunc* nebst der Rückverweisung *ut diximus.*

Eine gesonderte Betrachtung verlangen nun noch zwei
sehr auffallende Wiederholungen in cap. 5—7, und da der gesamte Bericht über die ersten Regierungsjahre Hadrians
ebenso wichtig durch seinen Inhalt, wie reich an Schwierigkeiten ist, so wird eine eingehende Analyse nicht unnütz
sein. — Die Darstellung beginnt im cap. 5 mit Angabe des
die äussere Politik Hadrians bestimmenden Grundsatzes.
Dieser wird durch Schilderung der äusseren politischen Lage
gerechtfertigt und zugleich die Aufgabe der Provinzen daraus abgeleitet. Mit 5, 5 setzt sodann etwas Neues ein,
es ist gewissermassen ein korrespondierender zweiter Anfang.[1] Der leitende Grundsatz für Hadrians Auftreten gegen
die römische Aristokratie, die höheren Civil- und Militär-
beamten wird angegeben. Empörung drohte nicht nur von
Aussen, sondern auch im Inneren, dort sollte Friedlichkeit,
hier Milde die Gefahr beschwören; es wird damit zugleich
deutlich dem späteren Hochverratsprozesse gegen die Consularen präludiert. Über diese inneren politischen Fragen
hat Hadrian von Antiochia aus mit dem (nach 5, 9) in
Selinunt weilenden Attian korrespondiert, und zwar *sub primis imperii diebus.* Dazu stimmt vollkommen 5, 9 *post haec.*
Alle vorher aufgezählten Massregeln fallen in die ersten
Tage seiner Regierung; erst nachdem sie verfügt waren,
fand Hadrian Zeit, nach Selinunt zu gehen, um der Asche
Trajans die letzte Huldigung zu erweisen. Er liess sie in
goldener Urne sammeln, übergab sie Attian, Plotina und
Matidia zur Überführung nach Rom und kehrte dann nach
Antiochia zurück. — Bis hieher ist alles in Ordnung. Nun
aber beginnt Verwirrung. Denn aus dem sich anschliessen-
den Satz *praepositoque Syriae Catilio Severo per Illyricum
Romam venit* scheint zu folgen, dass er nun nach Übergabe
des syrischen Kommandos an Cat. Sev. sofort nach Rom
aufgebrochen sei. Dies ist aber sicher falsch. Erstens

---

[1] § 1. *Adeptus imperium ad priscum se statim morem instituit.*
— § 5. *Tantum autem statim clementiae studium habuit.*

stimmt dazu nicht der folgende Briefwechsel mit dem Senat.[1]
Vor allem beweist aber die Stelle 6, 6 *audito dein tumultu* ..
praemissis exercitibus Moesiam petit, dass der Aufbruch
nach Mœsien nicht von Italien aus erfolgt sein kann.[2] Dass
in der Nachricht über die Verleihung des Titels *pater patriae*
zwei Thatsachen verschiedener Zeiten zusammengezogen sind,
ist weniger auffallend. Dagegen zeigt das *statim*, dass die
Nachricht in der Quelle, aus der sie stammt, zeitlich fixiert
gewesen ist; hier bleibt die Beziehung des *statim* durch die
Stellung der Notiz unklar. Endlich wiederholt sich 7, 3
wenigstens teilweise die schon 6, 7 gegebene Nachricht
über die Verleihung des Kommandos in den Donauprovinzen
an Turbo. — Zunächst ist aus dem Inhalte der einzelnen
Nachrichten die chronologische Folge zu ermitteln. Nach
der 5, 10 erwähnten Rückkehr nach Antiochia ist der Briefwechsel mit dem Senate anzusetzen, über welchen sowohl
Spartian als Xiphilin völlig verwirrt berichten. Der Verlauf
desselben kann aber nur folgender gewesen sein. Hadrian
beantragt beim Senat für Trajan die Konsekration, für sich
erbittet er Bestätigung der Regierung, wobei er sich wegen
der verspäteten Einholung dieser Bestätigung mit der äusseren Lage des Reichs entschuldigt. Dem Gesuch fügte er
die eidliche Versicherung hinzu μήτε τι ἔξω τῶν τῷ δημοσίῳ
συμφερόντων ποιήσειν μήτε βουλευτήν τινα ἀποσφάξειν (Dio
69, 2, 4). In seinem Antwortschreiben berichtete der Senat
nicht nur die einstimmige Annahme der den Trajan betreffenden Forderung, sondern auch die freiwillige Zuer-
kennung anderer Ehrenbezeugungen für den toten Kaiser
(wozu die von Dio erwähnten θέαι Παρθικαί gehören).

Aber auch dem neuen Kaiser wurden freiwillig mehrere
Ehren angetragen, und zwar der dem Trajan gebührende
Triumph und der Titel *pater patriae*.[3] Darauf richtete

---

[1] Unten wird gezeigt, dass derselbe erst n a c h der Rückkehr
nach Antiochia stattgefunden haben kann.

[2] cf. Dürr a. a. O. S. 17 A. 46.

[3] Die sofort bei der Anerkennung durch den Senat erfolgende
Verleihung des Titels p. p. hat Dürr S. 28 ff. bewiesen. Der Grund ist ohne
Zweifel in der eidlichen Versicherung Hadrians zu suchen. Dass nun
auch damals zugleich der Triumph auf Hadrian übertragen wurde,

Hadrian ein zweites Schreiben an den Senat, in welchem
er beides ablehnte mit der Erklärung, den Triumph werde
er in eine Gedächtnisfeier für Trajan verwandeln *(ut optimus
imperator ne post mortem quidem triumphi amitteret dignitatem),*
den Titel *pater patriae* wolle er aber erst verdienen.[1] —
Hadrians Verweilen in Antiochia hatte aber noch einen
wichtigeren Grund, als den Briefwechsel mit dem Senat.
Er erwartete die Ankunft der aus den aufgegebenen Provinzen
abberufenen Truppen, um dann die Sicherung der Donaugrenze in Angriff zu nehmen. Er dirigierte bedeutende
Streitkräfte dorthin *(praemissis exercitibus),* übergab dem
Catilius Severus das Kommando über Syrien und verliess
nun definitiv Antiochia, um nach Mœsien zu gehen. Er berief auch seinen tüchtigsten General Marcius Turbo, nachdem derselbe an Lusius' Stelle den maurischen Aufstand
unterdrückt hatte, nach den Donauprovinzen und beteiligte
ihn am Kommando. Die Gefahr wurde abgewendet. Auch
einer sein Leben bedrohenden Gefahr entging er, dem Mord-
anschlage der römischen Aristokratie, welcher zu dem von
Attian angestrengten Hochverratsprozesse vor dem Senatsgericht und der Verurteilung und Hinrichtung der vier Consularen führte. Hadrian weilte während dessen noch an

schliesse ich einmal aus der Vereinigung beider Nachrichten, ferner
daraus, dass die Ehre doch eigentlich Trajan zuerkannt war, also zu
multa sponte in honorem Trajani decreta zu rechnen ist. Endlich beweisen die Worte *qui Trajano debitus erat* auch, dass Hadrian damals
die Expedition gegen die Roxalanen noch nicht ausgeführt haben kann;
denn nach derselben wäre jener Senatsbeschluss eine Beleidigung für
Hadrian gewesen. Hadrian blieb aber später bei seiner gleich anfangs
ausgesprochenen Absicht, mit dem Triumph das Andenken Trajans zu
ehren, um so mehr stehn, als er durch diesen Pietätsakt für sich
Stimmung machen wollte, cf. 7, 6 *ad colligendam gratiam nihil prae-
termittens.*

[1] Hadrian hat also mindestens zwei Briefe an den Senat gerichtet,
zwischen welche ein Brief des Senats fällt. Wegen der dafür anzu-
setzenden Zeit kann der Briefwechsel, wie oben bemerkt, nicht vor die
5, 9 erwähnte Reise *ad inspiciendas reliquias Trajani* fallen.

Dürrs weitere Annahme einer damals von Antiochia unternomme-
nen Reise nach Palästina und Ägypten ist völlig unbeglaubigt. Denn
in der von ihm angezogenen Stelle des Epiphanios liegt ganz klar eine
Verwechslung mit Hadrians zweiter grosser Reise (seit 129) vor.

der Donau, und er war mit seinen vor allem Dacien betreffenden Massregeln noch nicht zum Abschluss gekommen,
als ihn die feindselige Stimmung der Hauptstadt zum schleu-
nigen Aufbruch dorthin veranlasste. Er übergab das Kommando
in Dacien dem Turbo und eilte auf dem kürzesten Wege
(per Illyricum)[1] nach Rom, wo er vor Volk und Senat nicht
nur jeden Anteil an der Verurteilung ablehnte, sondern dieselbe auch als gegen seinen Willen erfolgt hinstellte. Dann
erst folgt der Pietätsakt gegen Trajan[2] und die übrigen
Gnadenbeweise *(ad colligendam gratiam)*.

Die Hauptursache der Verwirrung liegt also in 5, 10.
Hadrian ist als Kaiser zum ersten Mal Anfang August 118
nach Rom gekommen, und jener Schluss des cap. 5 ist aus
7, 3 fehlerhaft vorausgenommen. Eine Folge davon ist die
gleichfalls fehlerhafte Vorausnahme der Notiz *praeposito,
Catilio Severo*, welche zu 6, 6 gehört. Die den Turbo betreffende
Notiz scheint gleichfalls aus 7. 3 vorausgenommen zu sein.
Endlich gehört die Abhaltung des Triumphs nebst dem Erlass des Krongoldes hinter 7, 4.[3]

Wie ist nun die Entstehung der Verwirrung zu er-

---

[1] Nun wird diese Bestimmung der Reiseroute erst klar, und an-
derseits bestätigt sie die oben entwickelte Folge der Thatsachen. Jene
Route *per Illyricum* wäre unverständlich für den von Antiochia direkt nach
Rom reisenden Hadrian, sie ist aber die einzig mögliche für den von
Dacien auf dem kürzesten Wege nach Rom eilenden.

[2] Bei dieser Auffassung finden auch die beiden Arvalenopfer
(cf. Dürr a. O. S. 23) eine noch bessere Erklärung. Das zweite erfolgte
aus Anlass des Triumphs, und der Grund *ob adventum* ist eine Aushilfe,
weil Hadrian ja für seine Person den Triumph abgelehnt hatte. Derselbe wurde nun als eine zweite Ankunft bezeichnet. Die Arvalen
opfern unter anderem dem Mars Ultor und der Victoria. Mag bei der
Wahl der letzteren nebenbei auch Hadrians Donaufeldzug mitgewirkt
haben, so lässt sich doch für Mars Ultor keine andere Beziehung finden,
als Trajans letzter Partherfeldzug.

[3] Der letztere ist ein Vorläufer des grossen Steuererlasses, gehört
also auch zu den Mitteln *ad colligendam gratiam* (7, 6). Ausserdem
steht die gleich folgende Notiz *damnatorum* (nämlich der vier Consularen)
*bona in fiscum privatum redigi vetuit omni summa in aerario
publico recepta* in deutlichem Zusammenhange mit 6, 5 *difficul-
tatibus aerarii — expositis.*

klären? Etwa durch Annahme verschiedener Quellen? Dürr
spricht den ganzen Bericht c. 5—8 seinem auf der Autobiographie Hadrians beruhenden Anonymus zu mit Ausnahme
von 7, 3—4, was oben widerlegt ist. Als ein weiteres
Argument für die Quellenverschiedenheit in 7, 3—4 und
c. 5—7, 2 fügt er noch die Wiederholung der Nachricht
über das Kommando des Turbo in den Donauprovinzen hinzu.
Gerade hier tritt nun die Unhaltbarkeit von Dürrs ganzer
Quellenanalyse zu Tage. Dass Hadrian selbst seine eigenen
Erlebnisse in so kindischer Weise durcheinander gemengt
habe, ist natürlich ausgeschlossen. Dann müsste also jener
Anonymus die Konfusion gemacht, Spartian dagegen dieselbe dadurch aufgedeckt haben, dass er durch jenes Einschiebsel die beiden Nachrichten *Romam venit Dacia Turboni credita* zufällig an die richtige Stelle rückte. Die
Unmöglichkeit dieser Annahme hat Dürr selbst empfunden,
denn den Hauptfehler (den Schluss von 5, 10) lässt er den
Spartian selbständig machen. Die Notiz sei eigener Zusatz
von ihm, eine kurze antizipierende Andeutung dessen, was
er in 6, 6—7, 3 ausführlicher berichte, entstanden durch
das Bestreben, die fortlaufende Erzählung, die er hier durch
den episodischen Passus 6, 1—5 unterbricht, zu einem vor-
läufigen Abschluss zu bringen. Gegen diese Auffassung
Dürrs ist zu bemerken, dass nicht durch 6, 1—5, sondern
gerade durch jenen angeblichen Abschluss die fortlaufende
Erzählung unterbrochen wird, dass also, wenn Spartian hier
einen Abschluss gesucht hat, der Grund dafür ein anderer
sein muss. Dass er mit der Notiz *praeposito Syriae Catilio
Severo per Illyricum Romam venit* eine Andeutung des Inhalts
von 6, 6—7, 3 habe geben wollen, ist doch auch eine wun-
derliche Annahme. Endlich bliebe ja dann noch immer für
die Notiz *Dacia Turboni credita* die eben als unmöglich bezeichnete Annahme bestehen. Denn man muss immer fest-
halten, nicht das angebliche Einschiebsel 7, 3—4, sondern
die in dem fortlaufenden Exzerpt der Hauptquelle enthalte-
nen Stellen 5, 10 und 6, 7 richten die Verwirrung an, und
Dürrs Auffassung von 7, 3—4 steigert diese Verwirrung
noch erheblich. — Dagegen gewinnen wir sofort einen festen

Stützpunkt, wenn wir 7, 1—4 e i n e r Quelle zuweisen.
Schon oben ist das als notwendig erkannt, und hier wird
es durch den weiteren Grund bestätigt, dass die Stelle 7, 3
die Nachrichten *Romam venit* etc. an der chronologisch
richtigen Stelle bringt. Nun stehn aber auch die Stellen
5, 10 und 6, 7 mit 7, 3—4 nicht im Widerspruch (wie hernach c. 8 und 9, 1—5), vielmehr enthalten sie selbständige
Bestandteile, welche zu dem ganzen Bericht nicht nur gut
passen, sondern sogar notwendige Ergänzungen bieten. [1]
Daraus muss geschlossen werden, dass in dem ganzen Bericht
e i n e Quelle die Grundlage bildet, deren Zusammenhang nur
zerrissen und deren Teile durcheinandergestreut sind, und
zwar kann es nur dieselbe Quelle sein, welche schon in der
Vorgeschichte die Grundlage bildet, Hadrians Autobiographie.
Sie war von jenen Fehlern selbstverständlich frei. Nun ist
sie aber durch zwei Hände gegangen, sie ist zuerst von
Mar. Max. bearbeitet, und erst in dieser Bearbeitung von
Spartian benutzt. Welche Spuren weisen in c. 5—8 auf
die Bearbeitung des Mar. Max.? Zunächst schreibe ich ihm
einige Urteile und Erläuterungen zu, welche von Hadrian
nicht herrühren können, dem seine Urteile stets abschreiben-
den Spartian aber ebensowenig zuzutrauen sind. [2] Ferner
hat M. M. natürlich die Darstellung Hadrians in manchen
Punkten ergänzt und umgeformt. Dass zunächst eine chronologische Ordnung des Stoffes zu Grunde liegt, erkennen wir
in c. 5 (bis *regressus*), ferner in c. 7, 6 aus der Erwähnung
des grossen Steuererlasses (118), der von ihm zur Feier
seines ersten kaiserlichen Geburtstages gegebenen Spiele
8, 2 (24. Jan. 119), seines dritten Konsulats, der Verleihung
des senatorischen Ranges an Attian d. h. der Absetzung
desselben von der Gardepräfektur (beides ebensfalls 119).

---

[1] *praeposito — Severo, per Illyricum, post Mauretaniam, Pannoniae, ad tempus.*

[2] 6, 1 *et quidem accuratissimis litteris*. 6, 5 *et quidem ambitiose et diligenter* 7, 3 *ad comprimendam de se famam* 7, 6 *ad colligendam gratiam*. 8, 9 *erat enim tunc mos* .. 8, 11 *nec secum tamen, cum ille
bis ante Hadrianum fuisset, ne esset secundae sententiae*. Vgl. meine
Krit. Beitr. S. 27.

Aber wir sehen auch, dass M. M., wo es angeht, von der
Darstellung *per tempora* zu derjenigen *per species* übergeht.
Er fügt Nachrichten aus späterer Zeit hinzu und verallge-
meinert andere Nachrichten, indem er die ganze Regierungszeit in Betracht zieht. Zugleich stellt er eine Gruppe von
Nachrichten unter einen allgemeinen Gesichtspunkt, kurz
er sucht schon hier die chronologische Darstellung in Charakteristik hinüberzuführen. So lässt sich der Passus 7, 5—
12 unter dem Gesichtspunkt „Aufwand für den Staat und
die römische Bevölkerung" betrachten. So wird in c. 8
Hadrians Verhalten gegen den Senat nicht allein während
der ersten Jahre, sondern während der ganzen Regierungszeit geschildert. In der Notiz 8, 6 *senatui legitimo, cum in
urbe vel iuxta urbem esset, semper interfuit* lässt der Zwischen-
satz die die Autobiographie bearbeitende Hand des Mar.
Max. erkennen. Denn die Bestimmung *iuxta urbem* kann
nur auf Tivoli gedeutet werden, also auf eine Zeit, welche
in der Autobiographie nicht mehr enthalten war.[1] Ebenso
ist die Verleihung des dritten Konsulats an Servianus wahrscheinlich von Mar. Max. hiehergestellt worden. Dagegen hat
Mar. Max. für das erste Regierungsjahr Hadrians, wie hernach für die Reisen die chronologische Darstellung Hadrians
beibehalten, weil eine andere hier unmöglich war. Nach der
oft bezeugten Gewohnheit des Mar. Max. ist es ferner als
sicher anzusehen, dass er Briefe und Reden im Wortlaut
mitgeteilt hat, so den Briefwechsel zwischen Hadrian und
Senat (6, 1—5), Hadrians Reden an Volk und Senat (7, 1—4).
In der Fortlassung dieser Aktenstücke macht sich nun zunächst Spartians Hand kenntlich. Zu träge, die Briefe ganz
wiederzugeben, und zu unfähig, den Inhalt klar geordnet
zusammenzufassen, reisst er einige Einzelheiten heraus, wobei
er in kindischer Weise immer wieder von neuem ansetzt
(*datis litteris* —, *cum scriberet* —, *cum senatus detulisset* —,
patris patriae nomen delatum —). Nur durch diese Art des
Excerpierens lässt sich nun auch der fehlerhafte Abschluss
des c. 5 erklären. Spartian bricht bei *regressus* ab, weil

---

[1] vgl. oben S. 6—7.

4*

ihm das folgende zu lang ist, und sucht sich einen ihm
passend dünkenden Abschluss;[1] er wählt ihn aus demjenigen
Teile seiner Vorlage, welcher auf den ihm zu langen Abschnitt folgt. *Romam venit* erschien ihm dazu am bequemsten.
Er überspringt aber thatsächlich mit diesem Abschluss alle
zwischen *Antiochium regressus* und der ersten Ankunft in
Rom liegenden Ereignisse, mit Ausnahme von *praeposito
Syriae Catilio Severo*, welche Notiz er mit aufrafft. Ganz
übergehen will er aber die Ereignisse des ersten Regierungs-
jahres nicht, bei der Verschwörung war es ohnehin unmöglich, und so lässt er in c. 6 sein mageres, konfuses Exzerpt
folgen, kümmert sich aber nicht im geringsten darum, ob
dieses nun zu dem vorher gewählten Abschluss passt. —
Anders muss aber über die den Turbo betreffenden Nachrichten geurteilt werden. Die Stellen widersprechen sich
nicht, sind aber von einander verschieden. Turbo war, als
Hadrian Ende 117 nach Moesien aufbrach, aus Palaestina
nach Mauretanien an Lusius' Stelle gegangen. Nun muss
man aus dem sehr verkürzten Ausdruck *post Mauretaniam*[2]
schliessen, dass hier zunächst über Turbos Erfolge in Mauretanien und über seine Berufung nach den Donauprovinzen
in der Vorlage etwas genaueres gesagt war. Was sodann
seine Verwendung daselbst betrifft, so ist es natürlich, dass
Hadrian ihm zunächst nur einen Teil des Kommandos übergab, und zwar, wie es scheint, dasjenige von Pannonien,
während er ihn für das Kommando in Dacien nur desig-
nierte.[3] Definitiv übertrug er ihm dann dasselbe,[4] als er

---

[1] Darin stimme ich mit Dürr überein, aber in der Erklärung
weiche ich ab. Dass hinter *regressus* der Faden abreisst, geht auch
aus der fehlerhaften Anknüpfung *praepositoque* hervor.

[2] Derselbe ist übrigens erst durch Peters Konjektur hergestellt,
deren Richtigkeit möglich, aber nicht so unzweifelhaft ist, wie Dürr will.

[3] Dies scheint in *Pannoniae Daciaeque ad tempus praefecit*
zu liegen. Die Bestimmung *ad tempus*, welche nur zu *Daciae* gehört,
ist von Spartian wieder bis zur Unverständlichkeit gekürzt.

[4] Aus *Dacia Turboni credita* geht zunächst hervor, dass Turbo
bereits an der Donau war, als Hadrian nach Rom abreiste, und nicht
etwa erst damals hinberufen wurde, ferner, dass Hadrian den Turbo in
Dacien zurückliess. Also muss er selbst bis dahin in Dacien, dem-

nach Rom, früher, als er beabsichtigt hatte, aufbrechen
musste. Mit anderen Worten, Hadrian hat über Turbo zwei
verschiedene Verfügungen getroffen, die sich aber ergänzen.
Spartian hat die Unterschiede verwischt und dabei nur die
Notiz *praefecturae infulis ornatum* an falscher Stelle vorausgenommen.[1] Wenigstens erscheint es mir als eine Inkonse-
quenz, wenn Dürr für 6, 7 und 7, 3 wegen dieser Wiederholung die Annahme verschiedener Quellen notwendig findet,
während er die viel schlimmere Vorausnahme von *Romam*
renit (5, 10) doch der blossen Willkür Spartians zuschreibt.

Ziehen wir nun die Summe, so bleibt es also bei der
bisherigen Annahme, dass in der vita Hadriani, wie in allen
Hauptvitae bis Elagabal, die Hauptquelle Marius Maximus
ist. Ihn bearbeitet Spartian mit sinnlos waltender Papier-
scheere, und nur wenige Schnitzel hat er aus einer anderen,
wahrscheinlich der auch von Eutrop und Victor benutzten
Quelle, selbständig hineingestreut.

Mar. Max. aber hat in seiner vita Hadriani auch schon
Material aus Quellen verschiedener Tendenz zusammengearbeitet, und Einheit des Tones, auf deren Annahme Dürr
seine Analyse aufbaut, ist schon bei ihm ebensowenig vorhanden gewesen wie bei Dio. In der ersten Hälfte der vita
bis zum Ende der Reisen hat M. M. die Autobiographie
durchaus zu seiner Hauptquelle gemacht. In der folgenden
Charakteristik 14, 8 - c. 22 stammt gewiss auch noch vieles
aus derselben, mehr aber noch treten hier nachhadrianische
Quellen hervor, welche von c. 23 ab die Darstellung aus-
schliesslich beherrschen.

--

gemäss Turbo (nach 6, 7) in Pannonien kommandiert haben. Damals
muss Hadrian die von Eutrop VIII, 6 berichteten Erwägungen gepflogen
haben.

[1] Das Motiv *quo plus auctoritatis haberet* zeigt, dass Hadrian dem
Turbo diese Rangerhöhung erst bei seiner Abreise nach Rom verliehen
hat. Die Selbstgefälligkeit des Motivs spricht wieder für die Autor-
schaft Hadrians.

3. DIO CASSIUS.

Die bisherigen Resultate lassen sich durch eine ver-
gleichende Betrachtung Dios noch auf eine sicherere Grundlage stellen.

Dios Bericht liegt uns wahrscheinlich in doppelt ver-
kürzter Gestalt vor, weil schon Xiphilin, wie es scheint,
nicht den Dio selbst, sondern eine Epitome, und zwar dieselbe wie Planudes, benutzt hat.[1] Daraus erklärt sich auch der
ausserordentliche Umfang der Kürzung und die vielfache
Verwirrung, welche im Einzelnen herrscht. Im Grossen und
Ganzen ist aber die von Dio gewählte Ordnung der Darstellung beibehalten, und zwar wird uns dieselbe mit Dios
eigenen Worten angegeben, c. 8 ταῦτα περί γε τοῦ τρόπου,
ὡς ἐν κεφαλαίῳ εἰπεῖν, προείρηκα· λέξω δὲ καὶ τὰ καθ' ἕκαστον,
ὅσα ἀναγκαῖόν ἐστι μνημονεύεσθαι. ἐλθὼν γὰρ ἐς τὴν Ῥώμην κτλ.
Dio hat also, umgekehrt wie Mar. Max., zuerst eine zusammenfassende Charakteristik der Person und Regierung
Hadrians als Einleitung (προείρηκα) und dann eine ins Einzelne gehende chronologische Darstellung gegeben. Der
Charakteristik geht aber noch ein Bericht über den Thronwechsel voraus, und nehmen wir diesen hinzu, so ergiebt
sich der weitere Unterschied zwischen Dio und Mar. Max.,
dass Dio die Vorgeschichte Hadrians übergangen hat, weil
sie für ihn, der ja keine Biographie schrieb, unwesentlich
war. Nur ein Punkt aus der Vorgeschichte musste berücksichtigt werden, weil er für den Bericht über die Thron-
folge von entscheidender Bedeutung ist, die Adoptionsfrage.
Die Beantwortung derselben hängt wiederum ab von der
Erörterung des Verhältnisses, in welchem Hadrian zu Trajan,
Attian und Plotina stand.[2] Dio polemisiert nun sowohl
gegen die Thatsache, dass Hadrian adoptiert sei, als auch
gegen die Gründe, welche für jene Thatsache in einer be-

---

[1] Mommsen Hermes VI S. 46. H. Haupt Hermes XIV S. 87.
[2] Dio verfährt also ganz konsequent, wenn er die Nachricht über
Hadrians Vater erst am Anfange der Charakteristik nachholt, weil dieselbe für die Adoptionsfrage gleichgültig ist.

stimmten Quelle angeführt wurden. Dass diese Quelle nur
die Autobiographie Hadrians sein kann, ist selbstverständlich, weil er allein an jenen Behauptungen ein Interesse
hatte. Die Sätze: Ἀδριανὸς ὑπὸ Τραιανοῦ οὐκ ἐσεποιήθη und
οὐ μέντοι οὔτ' ἄλλο τι ἐξαίρετον παρ' αὐτοῦ ἔλαβεν οὐδ' ὕπατος
ἐν πρώτοις ἐγένετο sind also gerichtet gegen die auf Hadrian
zurückzuführenden Behauptungen Spartians: *in adoptionis
sponsionem venit — totam praesumptionem adoptionis emeruit
— litteras adoptionis accepit* (1, 3—6) und gegen *ob hoc se
a Trajano locupletissime muneratum dicit* (3, 3)   *multa
egregia eius facta claruerunt, quare adamante gemma, quam
Trajanus a Nerva acceperat, donatus ad spem successionis
erectus est* (3. 6—7) — *Sarmatas compressit, disciplinam militarem tenuit, procuratores coercuit, ob hoc consul est factus.
in quo magistratu ut comperit adoptandum se a Trajano esse,
ab amicis Trajani contemni desiit ac neglegi etc.* (3, 9—10).
Der Grund der eindringlichen, immer wiederholten Behauptung derselben Thatsachen wird durch den Widerspruch
Dios erst klar, und man sieht auch, wie Hadrian Unbequemes
(οὐκ ἐν πρώτοις ὕπατος ἐγένετο) übergeht oder in einer für ihn
günstigeren Weise motiviert, indem er das Wohlwollen
Trajans als durch die Feindseligkeit der *amici* gehemmt
hinstellt.[1] — Auf diese Polemik folgt nun bei Dio der Bericht über den Regierungsantritt und den damit zusammen-
hängenden Briefwechsel mit dem Senat, welcher, wie oben
gezeigt, ebenso lückenhaft ist, wie derjenige Spartians, sich
aber gleichwohl mit diesem teils deckt, teils ergänzt. Hadrian
hatte nun gleich am Anfange sein *studium clementiae* behauptet und mit Beweisen belegt, er hatte ferner in seinem
ersten Briefe dem Senate eidlich versichert, keine Majestäts-
prozesse dulden zu wollen. Dies hat Dio Veranlassung ge-

---

[1] Dass diese letztere Behauptung nicht aus der Luft gegriffen
war, bestätigt die aus anderer Quelle stammende Notiz 4, 8 *frequens
sane opinio fuit, Trajano id animi fuisse, ut Neratium Priscum, non Hadrianum successorem relinqueret, multis amicis in hoc consen-
tientibus.* Nach diesen anderen Quellen stimmte Trajan aber mit
den *amici* überein, und dies war es, was Hadrian in seiner Autobiogr.
eifrig zu widerlegen suchte (vgl. Spart. Hadr. 3).

geben, die Charakteristik mit der Frage zu beginnen, ob
denn in Hadrians Regierung die Thaten jenen Worten ent-
sprochen, und wie die Urteile der Zeitgenossen in diesem
Punkte gelautet haben. Deshalb stellt Dio an die Spitze
der Charakteristik die Hochverratsprozesse, οὓς ἐν ἀρχῇ τε
τῆς ἡγεμονίας καὶ πρὸς τῇ τελευτῇ τοῦ βίου ἐπεποίητο. Dass
nun Dio den Prozess gegen die Consularen aus dem Zusammenhange seiner Vorlage herausgehoben hat, geht daraus
hervor, dass in ἀπελογήσατο καὶ ἐπαίνεσε κτλ. seine Anwesenheit in Rom vorausgesetzt wird, während Dio seine erste
Ankunft in Rom erst c. 8 berichtet. Er beginnt die chronologisch geordnete Darstellung der Regierung Hadrians mit
den Worten ἐλθὼν γὰρ ἐς τὴν Ῥώμην. Das γὰρ ist ohne
alle Beziehung, und wir müssen daraus schliessen, dass hier
der Zusammenhang des Originals in der schon oben[1] bei
Spartian gekennzeichneten Weise gekürzt ist. Dio knüpft
an dies ἐλθὼν γὰρ ἐς τὴν Ῥώμην die Nachricht von dem
grossen Schuldenerlass und der Feier des ersten Geburtstages, den Hadrian als Kaiser feierte; beides nach Spartian
Mittel *ad colligendam gratiam*.[2] Der Prozess gegen die
Konsularen steht aber sowohl mit der ersten Ankunft in
Rom als mit jenen Verleihungen in ursächlichem Zusammenhange, und es muss daher angenommen werden, dass Dio
hier noch einmal auf den Prozess der Konsularen hingewiesen hat, um so den chronologischen Widerspruch[3] zwischen
2, 6 und 8, 1 zu beseitigen. Übrigens ist hier noch viel
mehr ausgelassen. Denn die Übergehung der Aufgabe der
Provinzen und des Donaufeldzuges[4] kann natürlich nicht
Dio, sondern nur den Epitomatoren auf die Rechnung gesetzt werden.

---

[1] vgl. 8. 3 f.

[2] Die Notiz über die Trennung der Geschlechter in den Bädern
kann zeitlich auch hierher fallen. Mar. Max. hat sie unter den Maas-
regeln der *disciplina civilis* aufgeführt (Spart. 18, 10).

[3] Auch die Verurteilungen der letzten Jahre erwähnt er an der
betreffenden Zeitstelle noch einmal c. 17.

[4] Die Nachricht von dem Kavalleriemanöver 9, 6 mit dem Donaufeldzug 117/118 in Verbindung zu bringen, ist unstatthaft.

Auch der Bericht über den Prozess der Konsularen ist
sicher gekürzt. Dass aber in dem wichtigsten Punkte Übereinstimmung herrscht, mit anderen Worten, dass Dio hier
derselben Quelle folgt, welche bei Spartian 7, 2 zitiert wird,
ist oben ausgeführt. Nicht nur ist ἀπελογήσατο die Übersetzung von *excusatis*, sondern auch die Worte διεβλήθη und
λογοποιουμένων entsprechen genau der *tristissima opinio* und
fama (Spart. 7, 3). —

Die nun folgende Darstellung der Reisen ist nicht
nur noch stärker gekürzt, als die Einleitung, sondern durch
die Auslassung aller Orts- und Zeitbestimmungen auch
sehr verwirrt. An die Spitze ist der zusammenfassende
unbestimmte Satz Ἀδριανὸς ἄλλην ἀπ᾽ ἄλλης διαπορευόμενος
ἐπαρχίαν gestellt, worauf dann ebenso zusammenfassend die
von Hadrian auf seinen Reisen entfaltete Thätigkeit geschildert wird. Die sehr oberflächliche Auffassung des
Epitomators tritt darin hervor, dass er dabei die Bauthätig-
keit Hadrians zum leitenden Gesichtspunkte nimmt. Aber
nicht einmal in diesem Punkte herrscht annähernde Voll-
ständigkeit, noch ist die chronologische Ordnung beibehalten.
Die Schilderung beginnt mit c. 10 ἐποίει δὲ καὶ θέατρα
καὶ ἀγῶνας περιπορευόμενος τὰς πόλεις, es folgt der Bau von
Hadrianotherae, der Bau des Tempels für Plotina, die Restauration des Pompejusgrabmals, der Bau von Antinoopolis,
die Gründung von Aelia Capitolina, endlich die Bauten in
Athen. Im Anschluss an einzelne dieser Bauten werden
nun die Ereignisse erzählt, welche in ursächlichem Zusammenhange mit denselben stehen. Seine leidenschaftliche
Jagdliebe gab Veranlassung zur Gründung von Hadrianotherae, die Gründung von Antinoopolis wird durch sein
Verhältnis zu Antinous erklärt, umgekehrt wird der Judenkrieg als Folge der Gründung von Aelia Capitolina erzählt.
Der Epitomator hat die herausgerissenen Fetzen mitunter
in sehr komischer Weise zusammengeflickt, vgl. besonders
10, 3. — Völlig zerstört ist aber die Ordnung der zu Grunde
liegenden Hauptquelle nicht. Die zweite grosse Reise wird
genauer wiedergegeben. Aber auch in der ersten, mit welcher
die Epitomatoren am schlimmsten gehaust haben, ist die

Beschaffenheit der Hauptquelle in einem wichtigen Punkte
bewahrt worden.[1] Sowohl bei Dio als bei Spartian steht
an der Spitze des Reiseberichts ein Bericht über die Militärreorganisation. Die im folgenden bewiesene völlige Übereinstimmung beider Berichte beweist nicht nur den gemeinsamen Ursprung, sondern die übereinstimmende Stellung,
welche beide Berichte im Reisebericht einnehmen, macht es
auch unzweifelhaft, dass schon die gemeinsame Quelle,
Hadrians Autobiographie, diesen Bericht an die Spitze des
Reiseberichts gestellt hat.[2] Auch der Grund dafür liegt
auf der Hand. Hadrian verfolgte auf seinen Reisen zwei
Hauptzwecke, militärische Sicherung des Reiches und Hebung
der materiellen Lage der Provinzen. Der Bericht über die
Militärreorganisation legt nun zusammenfassend dar, wie er
den ersten Zweck zu erreichen suchte. Hadrian hat mit
der Miltärreorganisation konsequent seine mit der Aufgabe
der Euphratprovinzen begonnene Politik fortgesetzt. In der
Überzeugung, dass das politische Testament des Augustus
Recht habe, wenn es die Nachfolger vor der Erweiterung
der Reichsgrenzen warnte, sah Hadrian die Eroberungen
Trajans für einen politischen Fehler an. Indem er nun
aber einerseits diesen Fehler wieder gut zu machen suchte,
setzte er anderseits alle Kraft ein, um wenigstens die alten
unter Augustus gewonnenen Grenzen zu sichern. Dadurch
wird auch klar, warum er zuerst nach den kaiserlichen

---

[1] Auch in einem untergeordneten Punkte ist es wahrscheinlich
geschehen. Wenn es bei Spartian 20, 12—13 heisst *equos et canes sic
amavit, ut eis sepulchra constitueret. oppidum Hadrianotheras in quodam loco, quod illic et feliciter esset venatus et ursam occidisset aliquando,
constituit*, so wird der Zusammenhang dieser Notizen durch Dio klar.
Bei diesem ist aber nur das dem Pferde Borysthenes gesetzte Denkmal
erwähnt, und der eigentliche Grund der Stadtgründung ist gleichfalls
ausgelassen. Aber die beiden Quellen ergänzen sich wieder so gut,
dass man eine ähnliche Verbindung der Nachrichten in der gemeinsamen
Quelle wohl annehmen darf.

[2] Dadurch wird natürlich nicht ausgeschlossen, dass Hadrian nicht
noch lokale Einzelheiten von militärischen Verbesserungen an betreffen-
der Stelle nachgetragen hat. Das Schmerzenskind Brittannien scheint
dazu Veranlassung gegeben zu haben. 11, 2 und 12, 1.

Provinzen ging. Da er nun in allen diesen durchaus gleichartige militärische Reformen durchführte,[1] so ergiebt sich daraus ein zweiter Grund, warum Hadrian die allgemeinen Gesichtspunkte, welche ihn leiteten, zusammengefasst darstellte.

Durch die ganze Kaisergeschichte geht die Klage um den Verfall der *disciplina militaris,* welcher Begriff bei den Römern ein weiterer ist, als wir ihn heute damit verbinden, insofern nämlich bei ihnen nicht nur die Mannszucht, sondern auch die militärische Ausbildung darunter einbegriffen sein kann und in der Kaiserzeit stets einbegriffen ist. Mit den Worten *si quidem ipse post Caesarem Octavianum labantem disciplinam incuria superiorum principum retinuit* (10, 3) wird hier gegen die Nachfolger des Augustus die Anklage erhoben, sie hätten durch Nachlässigkeit die Tüchtigkeit des Heeres verfallen lassen. Unter den *superiores principes* ist aber Trajan nicht mitgemeint, da dieser vorher unter den Vorbildern Hadrians genannt wird. Auch hier haben wir wieder eine deutliche Spur, dass Hadrian selbst ihn als solches genannt hat, und zwar in den Worten *ipse* und

---

[1] Dies ergiebt sich nicht nur aus allgemeinen Erwägungen, sondern auch aus 11,2 *Brittanniam petit, in qua multa correxit murumque — duxit, qui barbaros Romanosque divideret,* wozu die bekannten Verse des Florus zu ziehen sind: *Ego nolo Caesar esse, ambulare per Brittannos, Scythicas pati pruinas.* Dass ein Vers *(latitare per* mit einem zweiten Völkernamen) ausgefallen ist, ergiebt sich aus der Antwort Hadrians.

Also auch in Brittannien führte Hadrian solche Marschübungen aus, wie sie uns aus seinem Aufenthalt in Germanien berichtet werden, 10, 4 *cum etiam vicena milia pedibus armatus ambularet.* Denn dass *ambulare* der technische, speziell von Hadrian gebrauchte Ausdruck für Marschübungen ist, beweist Veget. I 27 *divi Augusti et Hadriani constitutionibus praecavetur, ut ter in mense tam equites quam pedites educantur ambulatum; hoc enim verbo hoc exercitii genus nominant.*

Auch das fehlende *latitare* muss sich auf militärische Übungen beziehen, und das *Scythicas pati pruinas* kann ebenfalls nur auf die körperlichen Strapazen hindeuten, welche sich Hadrian in militärischer Beziehung auflegte, cf. Dio 9, 3-4, wo die χιόνες Κελτικαί sehr an die *pruinae* erinnern.

exemplo . — auctoris sui Trajani.[1] Diesen hat Hadrian also
als ersten militärischen Reformator seit August bezeichnet,
in dessen Bahnen er weiter wandelte.[2] In den dakischen
Feldzügen, als legatus praetorius in einem Feldzuge gegen
die Sarmaten und als Legat der parthischen Expedition und
Statthalter von Syrien hatte Hadrian seine praktischen
Studien gemacht. Er war nicht nur Augenzeuge, sondern
doch auch höchst wahrscheinlich Mitarbeiter bei der Reorganisation, welche Trajan mit den syrischen Truppen, den
zuchtlosesten des ganzen Reiches, vornahm. Die Schilderung,
welche uns Fronto von derselben aufbewahrt hat,[3] erinnert
in vielen Zügen sehr lebhaft an die gleich zu behandelnde
Schilderung Spartians und rechtfertigt den Schluss, dass
Hadrian das Werk Trajans[4] weiterführte.

Gehen wir nun auf die Berichte, welche Dio und
Spartian über Hadrians Militärreorganisation geben, näher
ein, so ergiebt sich auch hier das schon wiederholt darge-
legte Verhältnis. Teils stimmen sie wörtlich überein, teils
ergänzen sie sich vortrefflich. Wie der gesammte Reisebericht Dios, so ist auch das Exzerpt über diesen Gegenstand erheblich stärker gekürzt, als der Bericht Spartians.
Der Epitomator Dios hat die Einzelheiten zum grösseren Teile
fortgelassen; es kommt ihm nur auf die Hervorhebung der
allgemeinen Gesichtspunkte an. Solche fehlen auch bei
Spartian nicht, aber er bringt sie verwirrt und zusammen-
hangslos vor, da er weder im Stande ist, Einzelnes und
Allgemeines zu scheiden, noch das Zusammengehörige zu

---

[1] Hadrian hat unzweifelhaft geschrieben *auctoris mei Trajani*
. . . *si quidem ipse — retinui.* Ähnlich beruft sich August im Monum.
Ancyr. c. 27 auf das Beispiel der Vorfahren und sagt c. 8 *exempla
majorum — reduxi et ipse multarum rerum exempla imitanda posteris
tradidi.*

[2] Daher heisst es hier *retinuit*, während vorher bei der Erledigung
eines einzelnen Kommandos 3, 9 nur gesagt wird *disciplinam militarem
tenuit.*

[3] Princ. hist. p. 206 ff. (Naber), vgl. Mommsen R. G. V S. 398.

[4] Plin. ep. ad Traj. 29 nennt Trajan *conditorem disciplinae militaris firmatoremque,* wozu der Panegyricus 13 ff. die ausführliche Schilderung giebt, welche zugleich die Schilderung Frontos beglaubigt.

erkennen. Jenes würfelt er durcheinander, dieses reisst er auseinander. Dafür bietet er aber bedeutend reichhaltigeres Material, und dieses liefert den passendsten Einschlag zu dem von Dio gegebenen Zettel. So ist es hier möglich einen Teil von Hadrians Darstellung wenigstens im Umriss wiederherzustellen.

4. DIE QUELLEN FÜR DIE MILITÄRREORGANISATION HADRIANS.

a) Dio und Spartian.

Die im Heere vorhandenen Missstände und die demnach notwendigen Verbesserungen betrafen drei Punkte: Die materielle Lebensweise, die sittliche Führung und die militärische Ausbildung und zwar der gemeinen Soldaten wie der Offiziere. Dio fährt in der oben angeführten Stelle fort: ἀλλὰ καὶ τὰ ἴδια ἑνὸς ἑκάστου, καὶ τῶν ἐν τῷ τεταγμένῳ στρατευομένων καὶ τῶν ἀρχόντων αὐτῶν τοὺς βίους, τὰς οἰκήσεις, τοὺς τρόπους καὶ ἐφορῶν καὶ ἐξετάζων καὶ πολλά γε ἐς ἁβρότερον ἐκδεδιῃτημένα καὶ κατεσκευασμένα καὶ μετερρύθμισε καὶ μετεσκεύασεν. Spartian sagt kürzer [1] 10, 7 ... *delicata omnia undique summoveret, arma postremo eorum supellectilemque corrigeret*; er bringt diese Bemerkung aber verkehrterweise erst, nachdem er die Einzelheiten aufgeführt hat, in welchen die *delicata* bestanden. Die letzteren erfahren wir nur aus Spartian. Jedoch sind immerhin genügende Spuren vorhanden, welche beweisen, dass Dio dieselben gleichfalls enthalten hat und nur durch den Epitomator um dieselben gekommen ist. — Es war also Verweichlichung eingerissen in der Lebensweise (ἐς ἁβρότερον ἐκδεδιῃτημένα), d. h. in Kost und Kleidung (βίοι) und in der Einrichtung der Quartiere (οἰκήσεις). Hadrian suchte

---

[1] Schon hier zeigt sich, dass die zu Grunde liegende Quelle eine lateinische ist; ἐς ἁβρότερον ἐκδεδιῃτημένα καὶ κατεσκευασμένα ist umschreibende Übersetzung von *delicata*. Vgl. unten S. 64 A. 2.

die dem Soldaten geziemende „harte" Lebensweise (σκληρά δίαιτα) der alten Zeiten wieder einzuführen. Er verbannte die Luxuseinrichtungen der Wohnungen und liess die vorhandenen vernichten (10, 4 *cum triclinia de castris et porticus et cryptas et topia dirueret*), verbot die weibische Zierlichkeit der Uniformen und Waffenstücke (10, 5 *vestem humillimam frequenter acciperet, sine auro balteum sumeret, sine gemmis fibula stringeret, capulo vix eburneo spatham clauderet*), endlich schritt er gegen die Üppigkeit des Tisches ein und schrieb die alten Soldatenspeisen wieder vor (10, 2 *laridum, caseus, posca*). Auch das Lazaretwesen bedurfte der Verbesserung (10, 6 *aegros milites in hospitiis suis rideret*).

Aber in viel schlimmerem Zustande, als die βίοι und κοιήσεις, waren die τρόποι, und zwar nicht nur τῶν ἐν τῷ τεταγμένῳ στρατευομένων sondern mehr noch τῶν ἀρχόντων αὐτῶν. Die Offiziere gingen den Truppen mit dem schlechtesten Beispiel voran. Mit der Üppigkeit war Trägheit eingerissen (11, 1 *ante omnes enitebatur, ne quid otiosum vel emeret aliquando vel pasceret*), ferner Bestechlichkeit der Offiziere, welche sich überhaupt durch lässigste Handhabung des Dienstes bei den Soldaten in Gunst zu setzen suchten (10, 7 *nec pateretur quicquam tribunum a milite accipere*, 10, 3 *cum tribunos non favor militum sed iustitia commendaret*). Reguläre Ausbildung auf dem Exerzierplatz, im Wacht- und Felddienst gab es nicht mehr; um die Präsenzstärke, die Dienstzeit, das Avancement kümmerte sich niemand. In all diesen Dingen griff Hadrian nun ebenso energisch durch, wie in der Abstellung der unmilitärischen Lebensweise. Zu den Dienstvorschriften, welche er gab (10, 3 *ordinatis officiis*) gehörte zunächst eine Einschränkung des Urlaubs und die Regelung des Wachtdienstes.[1] Sodann gewöhnte er die Soldaten wieder an die Ertragung von Strapazen,[2]

---

[1] 10, 3 *nunquam passus aliquem a castris iniuste abesse*. Dass dies mit dem Wachtdienst zusammenhängt, beweist Sall. Jug. 44 *neque more militari vigiliae deducebantur; ut cuique lubebat, ab signis aberat*.

[2] Der σκληρά δίαιτα Dios entsprechen bei Spartian nicht allein die *cibi castrenses*, sondern auch die Ausdrücke *tolerantia* und *quae asperius iubebat*.

vor allem der des Marsches mit Gepäck.[1] Die Hauptsache
war die sorgfältige militärische Ausbildung mit der Waffe
und im Felddienst (*ἐγύμναζέ τε αὐτοὺς πρὸς πᾶν εἶδος μάχης* =
militem quasi bellum immineret exercuit). Aber auch der Verwaltung wendete er sein Augenmerk zu. Um den Offizier-
stand zu heben und ihm Autorität zu sichern, regelte er
das Avancement nach Lebensalter, Führung und körper-
licher Rüstigkeit, als deren Ersatz beim Tribunat aber militärische Erfahrung und Tüchtigkeit sollte gelten können.[2]
Hadrian sah die letzteren Eigenschaften natürlich nicht als
nebensächlich an, sondern der Sinn dieser Vorschrift ist der,
dass bei Besetzung der höheren Offiziersstellen auf geistige
u n d körperliche Tüchtigkeit gesehen werden sollte. Die
letztere war durch Verweichlichung eben verloren gegangen,
und daher betont Hadrian diese Eigenschaft besonders.
Ebenso sucht er die physische Leistungsfähigkeit der Soldaten dadurch zu sichern, dass er eine Minimal- und Maxi-
malgrenze des Lebensalters für die in der Front dienenden
Truppen vorschrieb, womit zugleich eine sorgfältige Führung
der Stammrolle gegeben war.[3] Bei der Durchführung aller

---

[1] *ἐβάδιζεν ἡ, καὶ ἵππευε πάντα, οὐδ' ἔστιν ὁπότε οὔτε ὀχήματος τότε γε
οὔτε τετραπύκλου ἐπέβη* = *cum etiam vicena milia pedibus armatus ambularet*. Der Epitomator Dios hat die wichtigen Bestimmungen *vicena
milia* und *armatus* fortgelassen. Andererseits ist klar, dass in Spartians
pedibus eine starke Kürzung steckt, und zwar *οὐδ' ἔστιν ὁπότε —
ἐπέβη*. Wir sehen aus beiden Stellen, dass vor Hadrian die Offiziere
auf den Märschen die Trainwagen bestiegen hatten, und dass die Soldaten Waffen und Gepäck gleichfalls dem Train aufluden oder fort-
warfen, cf. Fronto princ. hist. p. 206 (Nab.) *milites ne armatu quidem
sustinendo adsueti, sed inpatientia laboris armis singillatim omittendis
in relitum atque funditorum modum seminudi*.

[2] Die auf die Verwaltung bezüglichen Einzelnachrichten sind in
der Epitome des Dio sämmtlich ausgelassen. 10, 6 *nulli ritem nisi
robusto et bonae famae duret, nec tribunum nisi plena barba
faceret aut eius aetatis, quae prudentia et annis tribunatus robor
impleret*. 10, 3 *cum tribunos non furor militum sed iustitia commendaret*.

[3] 10, 8 *de militum autem aetatibus iudicabat, ne quis aut minor
quam virtus posceret, aut maior quam pateretur humanitas, in castris
ontra morem veterem versaretur, agebatque ut sibi semper noti essent,
et eorum numerus sciretur*.

dieser Reformen suchte Hadrian auf das Heer einzuwirken durch Auszeichnungen und durch Verweise,[1] vor allem aber durch sein eigenes Beispiel.[2]

b) Vegetius.

Die obigen Erörterungen der Berichte Dios und Spartians über die Militärreorganisation Hadrians legen eine andere wichtige Frage nahe, welche zugleich zu einem Prüfstein für die Richtigkeit jener Erörterungen wird.

Hadrians Thätigkeit gilt allgemein auch auf militärischem Gebiete für epochemachend.[3] In wiefern sie es aber hier gewesen sei, welche grundlegenden Neuerungen Hadrian im Heerwesen eingeführt habe, darüber herrscht gänzliche Ungewissheit.

In den Berichten Dios und Spartians ist von solchen Neuerungen nichts zu entdecken, was um so auffallender erscheinen muss, als dieselben auf Hadrians eigener Darstellung beruhen sollen; dass aber Hadrian selbst oder zwei von einander unabhängige, seinen Bericht benutzende Schriftsteller gerade einen so wichtigen Punkt völlig übergangen haben sollten, ist gleich unwahrscheinlich. Dieser Punkt bedarf daher dringend der Aufklärung, weil man sonst aus der

---

[1] τοὺς μὲν ἑτίμα, τοὺς δὲ ἐνουθέτει = multos praemiis, nonnullos honoribus donans — ceteros adhortatus.

[2] πάντας δὲ ἐδίδασκεν, ἃ χρὴ ποιεῖν = ipse quoque inter manipula vitam militarem magistrans. καὶ ὅπως γε ὁρῶντες αὐτὸν ὠφελοῖντο, σκληρᾷ τε πανταχοῦ τῇ διαίτῃ ἐχρῆτο = cibis etiam castrensibus in propatulo libenter utens. Schon oben S. 61 A. 1 wurde gesagt, dass die für delicata gewählte Umschreibung darauf hinweist, dass die gemeinsame Quelle beider Berichte, Hadrians Autobiographie, in lateinischer Sprache abgefasst war. In den obigen Stellen zeigt sich dies nun unwidersprechlich. Nimmermehr würde ἐδίδασκεν mit dem altertümlichen seltenen Wort magistrare und ebenso wenig ὁρῶντες αὐτὸν mit dem Latinismus in propatulo übersetzt worden sein. Die eigentümlichen Ausdrücke sind natürlich die ursprünglichen. Ambulare und βαδίζειν stehen in demselben Verhältnis. Hier entscheidet ausserdem Veget. I 27 s. S. 59 A. 1.

[3] Die Zeugnisse, auf welche man diese Annahme stützt, sollen später betrachtet werden.

obigen Erwägung ein gewichtiges Argument zur Bekämpfung meines Quellennachweises entnehmen könnte. Wie steht es also mit den militärischen Neuerungen Hadrians?

Hadrian hat auch Constitutiones für das Militärwesen, d. h. Verordnungen, erlassen,[1] welche von Vegetius (vgl. weiter unten) angeführt werden. In diesen müssen seine etwaigen Neuerungen doch jedenfalls enthalten gewesen sein. Wir müssen bei diesen Constitutiones einen Augenblick stehen bleiben. Dehner[2] hat neulich die Zeit des Erlasses derselben bestimmen zu können geglaubt. Hadrian sagt in seiner bekannten Anrede an die Legion von Lambaesis (CIL, VIII 2532 Frgm. Aa): *Catullini leg. mei. c. v. [insignis cura] apparet, quod tales vos sub . . . .* der Schluss fehlt. Dehner ergänzt aus *sub . . subito* im Sinne von „schnell", und erklärt: Hadrianus laudat Catullinum, legatum suum, quod milites tam 'subito' peritos artificiosarum illarum exercitationum (nämlich der vorher erwähnten) reddiderit. Die Bemerkung aber, dass die Soldaten die vorher erwähnten Übungen durch die Sorgfalt des Catullinus (der seit 126 in Numidien kommandierte, während die Inspektion Hadrians im Juli 128 stattfand) so schnell gelernt hätten, erklärt Dehner dadurch, dass jene Übungen erst seit kurzem vorgeschrieben gewesen seien, und zwar eben durch die Constitutiones, welche Hadrian nach Beendigung der ersten grossen Reise im Winter 126/127 als Resultat seiner bei den militärischen Inspektionen gemachten Erfahrungen verfasst und sofort erlassen habe. — Dehners Ergänzung von *sub . . zu subito* ist jedoch sicher unrichtig, wie die erhaltenen Buchstabenreste beweisen. Der Stein bietet folgendes:

APPARET QVOD TALES VOS SVB ⌐⌐ ᴧ

So viel ist erhalten, dass man sehen kann, dass der zweite auf SVB folgende Buchstabe kein T gewesen ist,

---

[1] Dass er auch selbst eine Schrift über Taktik verfasst habe, und dass uns diese in der Schrift des Urbicius erhalten sei, hat R. Förster im Hermes XII S. 449 ff. widerlegt.

[2] Hadriani Reliquiae, Diss. Bonn. 1883 S. 19 f.

ferner dass hinter SVB ein neues Wort angefangen hat.[1]
Wenn aber Dehner die Lücke auch unrichtig ergänzt hat,
so giebt er doch den Sinn des übrigen Satzes richtig an,
und er hat auch darin Recht, dass dieser Satz in Verbindung mit dem vorhergehenden die Constitutiones voraus-
setzt. Dies gilt auch noch von anderen Stellen derselben
Urkunde, wie unten gezeigt werden wird. Demnach ist
der von Dehner angegebene Zeitpunkt (Winter 126 127) der
späteste für den Erlass der Constitutiones. Es nötigt aber
nichts, gerade diesen Zeitpunkt anzunehmen. Die Durchführung der Militärreorganisation fällt zweifellos in die
erste Hälfte von Hadrians Regierung, und zwar in die Jahre
121 - 125 bis zu seinem ersten Aufenthalt in Athen. Auf
der zweiten grossen Reise hat Hadrian wohl auch noch
militärische Inspektionen vorgenommen, aber im ganzen
treten militärische Massregeln in der zweiten Hälfte seiner
Regierung zurück, weil Hadrian diesen Punkt durch die
Constitutiones als erledigt ansah. Die Durchführung derselben fiel nun den Statthaltern zu.[2] Aber auch die Einführung von Reformen setzt doch die Feststellung einer
Richtschnur voraus, und es ist daher wahrscheinlicher, dass
Hadrian schon vor dem Antritt seiner ersten grossen Reise

---

[1] Die erhaltenen Reste können angehören einem II. oder LI
oder II, dann weiter einem OV oder QV. Da jedoch alles folgende
verloren ist, so lässt sich ein Ergänzungsvorschlag nicht machen.

[2] Dies zeigt der Periplus Arrians. Aus diesem scheint mir auch
hervorzugehen, dass Hadrian später (etwa nach Beendigung der ersten
Reise) Berichte der Statthalter über den Zustand der ihnen unterstellten
Truppen angeordnet hat. Arrian sagt nämlich Peripl. 6, 2 καὶ τὴν
μισθοφορὰν τῇ στρατιᾷ ἔδωκα καὶ τὰ ὅπλα εἶδον καὶ τὸ τεῖχος καὶ τὴν τάφρον
καὶ τοὺς κάμνοντας καὶ τοῦ σίτου τὴν παρασκευὴν τὴν ἐνοῦσαν· ἥντινα δὲ
ὑπὲρ αὐτῶν τὴν γνώμην ἔσχον, ἐν τοῖς Ῥωμαϊκοῖς γράμμασι
γέγραπται. Da Arrian den ganzen Periplus für Hadrian schrieb, so
ist nicht abzusehen, warum er seine Kritik nicht auch für diese Stelle
aufsparte, sondern dieselbe schon vorher in einem besonderen, lateinisch geschriebenen Berichte abgegeben hatte, wenn dieser Bericht
nicht amtlich gefordert war. Der Ausdruck spricht aber nicht für einen
ausserordentlichen Bericht, sondern setzt denselben als eine der Erklärung nicht bedürfende Einrichtung voraus.

in den Jahren 118—121 diese Constitutiones wenigstens teilweise ausgearbeitet hat.

Diese Constitutiones nennt nun Vegetius unter seinen Quellen, I 8 . . . *ea me in hoc opusculo fidelissime dicere, quae Cato ille Censorius de disciplina militari scripsit, quae Cornelius Celsus, quae Frontinus perstringenda duxerunt, quae Paternus diligentissimus iuris militaris adsertor in libros redegit, quae Augusti et Trajani Hadrianique constitutionibus cauta sunt. Nihil enim mihi auctoritatis adsumo, sed horum, quos supra rettuli, quae dispersa sunt, velut in ordinem epitomata conscribo.*

Zwar hat Vegetius die Constitutiones aller drei Kaiser nur indirekt benutzt.[1] Aber ob direkt oder indirekt, es fragt sich hier, was aus denjenigen Hadrians stammt.

Vegetius entwickelt II 6 eine *antiqua ordinatio legionis*, nach welcher die erste Cohorte 1105 Mann und 132 Reiter, die übrigen neun je 555 Mann und 66 Reiter, die Legion im ganzen also 6100 Mann und 726 Reiter gehabt habe. Diese *ordinatio* soll nun nach Lange und J. W. Foerster[2]

---

[1] Dies hat Schanz Hermes XVI S. 141 wenigstens sehr wahrscheinlich gemacht. Sowohl die Autoren, wie die Constitutionen der Kaiser sind in chronologischer Ordnung aufgezählt. Die Constitutionen reichen nun über die Zeit der genannten Autoren nicht hinaus. Wollte Vegetius der nach Seeck unter Valentinian III (425—455) seine Epitoma abfasste, die kaiserlichen Constitutionen benutzen, so lässt sich kein vernünftiger Grund absehen, der ihn bewegen konnte, gerade bei Hadrian stehen zu bleiben und die späteren Kaiser zu übergehen. Im Gegenteil lag es für einen Epitomator viel näher, von den späteren Kaisern auszugehen und von den früheren abzusehen. Dies Verfahren erklärt sich aber sofort in der einleuchtendsten Weise, wenn wir annehmen, dass Vegetius die Constitutiones des August, Trajan, Hadrian nicht selbst eingesehen, sondern nur in seinen Quellenschriftstellern vorgefunden. Wenn wir nun bedenken, dass Frontin um 106 starb, so ist klar, dass die Constitutiones des Hadrian dem Vegetius nur durch Paternus bekannt geworden sind. (Paternus war Jurist unter Commodus). — Aus der vorstehenden Erwägung würde sich übrigens auch noch ergeben, dass Trajan seine Constitutiones, wenn Frontin dieselben benutzt hat, auch in den ersten Jahren seiner Regierung erlassen haben muss.

[2] Lange Historia mutationum rei mil. Rom. p. 85 f. — J. W. Foerster De fide Flavii Vegetii p. 8 ff.

die Neuordnung Hadrians darstellen, und zwar soll das Neue in der Ordnung der Reiterei zu suchen sein. Es ist daran zu erinnern, dass es im Heere der Kaiserzeit Reiterei von drei Arten gab: *equites alares* oder *alarii*, *equites legionis* oder *legionarii* (οἱ ἀπὸ τῆς φάλαγγος ἱππεῖς) und *equites cohortales*. Die ersteren sind die im Ausgange der Republik allein vorhandenen *alae* der *auxilia*, welche ein besonderes Corps bilden; die beiden letzteren sind in der Kaiserzeit neugebildet, oder vielmehr es sind die *equites leg.* wieder eingeführt, (denn dieselben waren im 7. Jahrh. der Stadt beseitigt, Mommsen St. R. III 541) und zwar sind diese *equites legionis* Reiterabteilungen, welche — nach dem Vorbilde der alten Bürgerreiterei der servianischen Verfassung — unmittelbar mit der Legion verbunden sind, während die *equites cohortales* dem entsprechend den *cohortes* der *socii* beigegeben sind.[1] Es kommt hier auf die *equites legionis* an. Deren Zahl giebt Josephus (b. Jud. 3, 6, 2) auf 120 an.[2] In der ordinatio des Vegetius hat die Legion 726 Reiter. Daher kommt Foerster (l. c. p. 10) zu dem Resultat: Die fundamentale Neuerung Hadrians hat in der Vermehrung der *equites legionis* von 120 auf 726 bestanden. Und zwar sind dieselben nicht wie früher in *turmae* formiert, sondern den Centurien so zugeteilt worden, dass die erste Centurie in jeder Cohorte je 22, alle übrigen je 11 Reiter erhalten haben.[3]

Gegen diese Ansicht ist von Dehner[4] mit Recht folgendes geltend gemacht worden. Wir haben aus dem letzten

---

[1] Jedoch hatten nicht alle *cohortes* der *socii* solche Reiterabteilungen. Daher gibt es *cohortes peditatae* und *equitatae* der Bundesgenossen, wovon wieder noch die *equites alares* zu unterscheiden sind.

[2] Die Normalzahl 300 war schon in republ. Zeit oft verringert worden; so waren im hannibalischen Kriege durchweg nur 200 Reiter bei der Legion, vgl. Mommsen St. R. III 477.

[3] Die erste Cohorte hat bei Veg. 11 Centurien, also 22 + 110 Reiter, die übrigen neun Cohorten sind zu 5 Centurien zu rechnen, sie haben also je 22 + 44 Reiter.

[4] In seiner oben angeführten Diss., und zwar in dem Exkurse *de equitibus legionis sive legionariis aetatis imperatoriae*, p. 26   43.

Lebensjahre Hadrians die Ἔκταξις κατ' Ἀλανῶν des Arrian, in welcher jene Neuerung durchgeführt gewesen sein muss, wenn sie überhaupt durchgeführt ist. Da ist nun höchst auffallend, dass, während die Reiterei der Bundesgenossen ihre besonderen Führer hat, ein solcher für die ἱππεῖς ἀπὸ τῆς φάλαγγος fehlt. Dies aber ist mit der angeblichen Zahl von 726 durchaus unvereinbar. [1] — Ferner besitzen wir gleichfalls aus den letzten Jahren Hadrians (134) ein Liste von Veteranen, welche aus der leg. V Mac. entlassen wurden (CIL III 6178), darunter *equites leg.*, von denen aber höchstens einer auf fünfzehn Mann Infanteristen kommt. Auch dies Verhältnis ergibt für die ganze Legion nimmermehr die von Vegetius angeführte Zahl. — Aber Vegetius verwickelt sich auch in die schlimmsten Widersprüche, welche die Autorität seines Berichts von Grund aus erschüttern. Er sagt III 8 *de singulis centuriis quaterni equites et quaterni pedites excubitum noctibus faciunt. Et quia impossibile videbatur in speculis vigilantes singulos permanere, ideo in quattuor partes ad clepsydram sunt divisae vigiliae, ut non amplius quam tribus horis nocturnis necesse sit vigilare.* Also von j e d e r C e n t u r i e ziehen je vier Fusssoldaten und Reiter auf Wache, um nach 3 Stunden von der gleichen Zahl abgelöst zu werden. Da die Centurien genannt werden, so können nur die *equites l e g i o n i s* gemeint sein. Denn die Reiterei der *auxilia* war unbedingt in *turmae* geteilt. Das ergäbe also bei 60 Centurien für jede Wache 240 *equ. leg.*, oder im ganzen 960, während es doch nach jener *ordinatio* 726 sein sollen. Dass ein Teil der *equites* zweimal in der Nacht aufzieht, ist aus-

---

[1] Die von Josephus angegebene Zahl von 120 Legionsreitern bedurfte eines besonderen Anführers nicht, sondern diese standen unter dem Kommando des *legatus legionis*. Dies schliesst Dehner l. c. S. 42 einmal daraus, dass die *equ. leg.* bei Josephus und Arrian ihre Stellung in unmittelbarer Nähe des Oberkommandeurs haben, ferner aus der Inschrift CIL V 3334 No. 1, wo ein *praefectus equitum p r o l e g a t o* vorkommt. Der Zusatz *pro leg.* nötigt dazu, unter den *equites* die *equ. legionis* zu verstehen. Für die Reiterei der Bundesgenossen hätte derselbe keinen Sinn. Wenn nun dieser *praefectus equ.* den Legaten im Kommando vertrat, so war der Legat der regelmässige Kommandeur der Legionsreiterei.

geschlossen. Denn schon, dass j e d e r Reiter in j e d e r
Nacht 3 Stunden Wache hat, ist eine ganz unmögliche
Leistung. Ausserdem widerspricht diese Ausdehnung des
Wachtdienstes für die Reiterei durchaus der Stellung der-
selben, welche angesehener war und g e r i n g e r e Dienst-
anforderungen stellte.

Was die von Foerster behauptete Einordnung der
Legionsreiterei in die Centurien betrifft, so ist dieselbe
gleichfalls zu verwerfen. Aus der eben als falsch er-
wiesenen Angabe des Vegetius (III, 8 *de singulis centuriis* etc.) darf diese Ordnung nicht geschlossen werden. Dass vielmehr auch die Legionsreiterei nach wie vor
und ebenso, wie die übrige Reiterei, in *turmae* geteilt war,
ergiebt sich daraus, dass unter Antoninus Pius ein *decurio*
der Legionsreiterei vorkommt,[1] welcher bekanntlich nur
Anführer in einer *turma* sein kann (Mommsen St. R. III
S. 260). Dies ist um so beweisender, als Hadrians Constitutiones ja noch zu Constantins Zeit in Geltung waren.
Dazu kommt, dass derselbe Vegetius I 27 bei der Marsch-
ordnung die Reiterei o h n e A u s n a h m e in *turmae* geteilt
sein lässt, und dass er sich gerade hier auf die Constitutiones Hadrians bezieht.[2] Ebenso schwer, wie diese von
Dehner angeführten Gründe fallen gegen die Ansicht Foersters
diejenigen in die Wagschale, welche am Anfange des folgenden Abschnitts aus Arrians Taktik abgeleitet werden. —

Dehner erklärt die Zahl der angeblichen Legionsreiter
bei Vegetius in überzeugender Weise dadurch, dass Vegetius
die verschiedenen Arten der Reiterei nicht habe unterscheiden können. Alle drei Arten zusammen haben un-
gefähr die Zahl 726 ergeben, aber nicht erst zu Hadrians

---

[1] Eph. epigr. IV p. 524, Mommsen bemerkt dazu p. 531 *Equites
legionarii ut noti sunt, ita qui in laterculo nominatur decurio eorum,
primus ni fallor eius loci est qui innotescat.*

[2] Veg. I 27 *Praeterea et retus consuetudo permansit et diri Augusti atque Hadriani constitutionibus praecaretur, ut ter in mense tam
equites quam pedites educantur ambulatum; hoc enim verbo hoc exercitii genus nominant . . . Equites quoque d i v i s i p e r t u r m a s arma-
tique similiter tantum itineris peragebant.*

Zeit, sondern schon viel früher. Vegetius hat sich übrigens noch einen weiteren Widerspruch dadurch zu schulden kommen lassen, dass die von ihm (nach allen Handschriften) angegebene Gesammtzahl DCCXXX ist. Diese hat er aus irgend einer Quelle abgeschrieben und dieselbe dann auf die 10 Cohorten so verteilt, dass die erste doppelt soviel Reiter als die übrigen bekam, also die erste 132, die übrigen neun je 66. Bei dieser Verteilung kümmerte er sich nicht darum, dass die Summe dieser einzelnen Teile zu der von ihm angegebenen Gesammtzahl nicht stimmt. Kurz: der eben behandelte Bericht des Vegetius erweist sich schon an sich als ganz unzuverlässig, und gestattet also keineswegs den von Foerster gezogenen Schluss auf die Neuordnung der Legionsreiterei durch Hadrian; ausserdem wird die Existenz dieser Neuordnung durch die bestimmtesten Zeugnisse widerlegt. — Was etwa sonst noch bei Vegetius auf die Constitutionen Hadrians zurückgeht, lässt sich nicht ausmachen. Nur ist so viel sicher, das auf N e u e r u n g e n Hadrians bei ihm keine Spur weist.

c) Arrians Reitertraktat und Hadrians Allokution an die Legion von Lambaesis. — Resultate.

Die $T\acute{\iota}\chi\nu\eta$ $T\alpha\varkappa\tau\iota\varkappa\acute{\eta}$ des Arrian schildert im zweiten Teile (c. 33—44) die unter Hadrian für die Kavallerie vorgeschriebenen Übungen. Mit der Betrachtung dieses ein Ganzes für sich bildenden Abschnitts und der Beziehungen desselben zu der bekannten Allokution Hadrians an die lambaesitanischen Truppen schliesst die Untersuchung über die Militärreorganisation Hadrians ab.

Zunächst liefert der Reitertraktat, wie oben bemerkt, noch zwei gewichtige Argumente zur Widerlegung der Hypothese Foersters, und zwar ein negatives und ein positives. Nach Arrians ausdrücklicher Angabe (44, 3) ist die Taktik im vorletzten Lebensjahre Hadrians verfasst. Auch von

ihr gilt, was Dehner von der Ἔκταξις κατ' Ἀλανῶν sagt, dass
jene Neuerung Hadrians, wenn sie überhaupt bestanden hat,
damals schon bestanden haben muss. Dies gilt hier um so
mehr, da Arrian von Hadrians militärischer Thätigkeit als
einer durchaus abgeschlossenen spricht. Er spricht auch
ausdrücklich von Neuerungen, welche Hadrian für die Kavallerie eingeführt hat. Selbst wenn man nun auch annehmen wollte, dass alle übrigen Quellen, besonders Dio
und Spartian, eine so wichtige Neuerung, wie die fragliche
Vermehrung der Legionsreiterei, zufällig übergangen hätten:
bei Arrian ist diese Annahme unmöglich. Er musste jene
Neuerung erwähnen, weil er viel unwichtigere erwähnt.
Wenn nun auch er derselben mit keiner Silbe gedenkt, so kann
das nur dadurch erklärt werden, dass sie ein Phantasie-
gebilde ist. Ferner beweist Arrians Bericht positiv mit
aller Bestimmtheit, dass die *equites legionis* nicht in die
Centurien eingereiht, sondern wie die übrigen in *turmae*
geordnet waren. Arrian beschreibt nämlich 42, 1—3 eine
Schiessübung, welche er die schwierigste von allen nennt.
Dieselbe wurde Mann für Mann ausgeführt, indem ein
Namensaufruf διὰ πασῶν τῶν δεκαδαρχιῶν vorher-
ging. Also es gab im Jahre 136/137 keine andere Ein-
teilung der Reiter als in *decuriae*, welche bekanntlich nur
Teile der *turma* sind. Wer sich auch hier noch dahinter
verschanzen wollte, dass diese Übung nur für die *equites
alares* gegolten habe, der wird durch Hadrian selbst widerlegt, welcher in seiner Kritik der lambaesitanischen Legion
gerade die *equites legionis* für die Ausführung jener
Schiessübung belobt. —

Indem wir damit die Foerstersche Hypothese verlassen,
gehen wir dazu über zu prüfen, in wieweit die beiden oben
genannten Quellen, Arrians Reitertraktat und die lambaesi-
tanische Urkunde, für die Erforschung der hadrianischen
Heeresreform dienstbar gemacht werden können. — Hadrian
hat bekanntlich bei seinem Besuche in Afrika i. J. 128 [1]

---

[1] Mommsen bemerkt (CIL VII p. XXI A. 4) gegen Dürr, dass
das Jahr 128 nicht über jeden Zweifel erhaben sei, weil eine von Dürr
als sicher angenommene Thatsache nicht sicher sei. Der Besuch Hadrians

die von ihm i. J. 123 neugeschaffene Garnison Lambaesis inspiziert, umfangreiche Übungen aller Truppengattungen abgehalten und dann eine inschriftlich fixierte Ansprache (CIL VIII 2532) gehalten, welche man als Tagesbefehl oder militärische Kritik bezeichnen kann. Es war ein glücklicher Gedanke Dehners, die Schrift Arrians zur Erklärung dieser wichtigen, aber leider sehr verstümmelten und deshalb schwer verständlichen Urkunde heranzuziehen. Die Durchführung dieses Gedankens bei Dehner bedarf aber der Vervollständigung und Berichtigung. Gleich von vornherein ist zu bemerken, dass Dehner sich nicht die Frage vorgelegt hat, woher denn die offenbare Verwandtschaft vieler Stellen des Reitertraktats und der lambäsitanischen Urkunde rührt, und doch ist der Natur der Sache nach nur eine Antwort darauf möglich. Es ist selbstverständlich, dass bei einer offiziellen Inspektion die bestehenden offiziellen Vorschriften die Grundlage der Kritik bilden. Ebenso selbstverständlich ist es, dass ein Schriftsteller in einem Originalbericht über Einrichtungen seiner Zeit die in dieser Beziehung geltenden amtlichen Vorschriften zur Grundlage seiner Darstellung macht. Für Arrians Darstellung im Reitertraktat waren das die Constitutiones Hadrians. Die Frage nach dem Grunde der oben bezeichneten Verwandtschaft ist also dahin zu beantworten, dass beiden Quellen Beziehungen auf die Constitutiones Hadrians gemeinsam sind. — Dehner hat ferner der schon oben S. 72 erwähnten wichtigen Stelle über die *jaculatio*, für deren Ausführung Hadrian die Legionsreiterei belobt, eine unrichtige Beziehung gegeben. Die Stelle lautet Frgm. Ba

equ. leg.

exercitationes militares quodammodo suas leges habent, quibus si quid adiciatur aut detrahatur, aut minor exercitatio fit aut

könne nach dieser Thatsache auch 129 erfolgt sein. Jedoch giebt er die Möglichkeit des Jahres 128 zu, und mit Rücksicht auf die übrigen Gründe Dürrs wird dies Jahr, welches auch Wilmanns angenommen hat, doch wohl das richtige sein.

difficilior. quantum autem difficultatis additur, tantum gratiae demitur: vos ex difficilibus difficillimum fecistis, ut loricati jaculationem perageretis . . . . o
quin immo et animum probo . . .

Dehner hält die hier erwähnte *jaculatio* für den von Arrian l. c. cap. 37 beschriebenen Speerwurf, welcher von den Kelten entlehnt und daher auch keltisch πέτρινος ἀκοντισμός benannt war. Arrian nennt denselben πάντων χαλεπώτατος. Deshalb will Dehner die Lücke so ergänzen: *ut loricati perageretis* [*petrinam. gratiam laud*]o etc. Diese Ergänzung ist wieder verfehlt. Denn Arrian sagt ausdrücklich, dass der πέτρινος ἀκοντισμός nicht von allen ausgeführt, sondern dass dazu eine Auswahl der besten Reiter getroffen wurde, l. c. 38, 1 ἔνϑα δὴ ὅτι περ κράτιστον τῶν ἱππέων ἐς τόνδε τὸν ἀκροβολισμὸν ἐπιλέγονται. Folglich konnte Hadrian unmöglich alle Legionsreiter für die Ausführung dieser Übung beloben. Wichtiger aber ist, was Dehner übersehen hat, dass Arrian noch eine andere βολή als πασῶν χαλεπωτάτη bezeichnet, und zwar gerade jene oben erwähnte, welche Mann für Mann nach Namensaufruf ausgeführt wurde. Die ganze Stelle Arrians lautet c. 42: ὅσοι ἀγαθοὶ στρατιᾶς ἡγεμόνες ὀνομαστὶ ἀνακαλεῖσϑαι κελεύουσι πάντας ἐφεξῆς τοὺς ἱππέας, δεκαδάρχην πρῶτον, καὶ διμοιρίτην ἐπὶ τούτῳ καὶ ὅστις ἐν ἡμιολίᾳ μισϑοφορᾷ· ἔπειτα τοὺς ἐφεξῆς τῆς δεκαδαρχίας. καὶ οὕτως διὰ πασῶν τῶν δεκαδαρχιῶν ἡ κλῆσις γίγνεται. τὸν κληϑέντα δὲ χρὴ ὁμοῦ μὲν ὑπακοῦσαι τῷ καλοῦντι μεγάλῃ τῇ βοῇ, ὅτι „πάρειμι“, ὁμοῦ δ' ἐξελαύνειν τὸν ἵππον τρεῖς λόγχας φέροντα· καὶ τὴν μὲν πρώτην ἀπὸ ἄκρου τοῦ χωρίου τοῦ ἐσκαμμένου ἐξακοντίζειν ὡς ἐπὶ τὸν σκοπόν· τὴν δευτέραν δὲ ἀπὸ αὐτοῦ τοῦ βήματος, καὶ ταύτην ἔτι ὀρϑῷ τῷ ἵππῳ· τὴν τρίτην δέ, εἰ τὰ ἔννομα καὶ πρὸς βασιλέως τεταγμένα δρῴη, ἐγκλίνοντος ἐπὶ δεξιὰν τοῦ ἵππου, ἐς τὸν ἄλλον σκοπὸν, ὃν ἐπ' αὐτῷ δὴ τούτῳ κατὰ πρόσταξιν βασιλέως ἐς ἐκδοχὴν τῆς τρίτης λόγχης ἱστᾶσι. ἥδ' ἔστιν ἡ βολὴ πασῶν χαλεπωτάτη, ὅπως πρὶν πάντη ἀποστραφῆναι τὸν ἵππον, ἐν αὐτῇ ἔτι τῇ ἐπικαμπῇ γίγνοιτο. ἡ γὰρ δὴ ξύνημα τῇ Κελτῶν φωνῇ καλουμένη, ταύτῃ δὴ ἄφεσις γίγνεται, ἐπείπερ οὐδὲ ἀσιδήρῳ ἀκοντίῳ εὐμαρῆς ἀκοντίζεσθαι. ἤδη δέ τις ὑπὸ ὀξύτητός τε καὶ φιλοτιμίας καὶ τέσσαρας λόγχας ὀρθῷ τῷ ἵππῳ ἐπὶ τὸν πρῶτον σκοπὸν ἐξακοντίσαι ἤνυσεν, ἢ τὰς τρεῖς μὲν ὀρθῷ τῷ ἵππῳ, τὴν τετάρτην δὲ ἐπιστρέφοντι, ὡς βασιλεὺς ἔταξεν. ἔνθα δὴ ὅ τε ἀγαθὸς ἀκοντιστής καὶ ὁ κακός μάλιστα πάντων διαφαίνεται, ἅτε οὐκ ἐν στοίχῳ ἀδιακρίτῳ, οὐδὲ ἐν θορύβῳ δρωμένου τοῦ ἔργου. καὶ εἴ τις ἐπέλασις τοῖς πλείστοις παράσχοιτο ἐν τῶν λογχῶν τῇ βολῇ διαπρέποντας, ταύτην ἐγὼ μᾶλλον ἤ τινα ἄλλην ἐπῄνεσα, ὡς πρὸς ἀλήθειαν τῶν πολεμικῶν ἔργων ἠσκημένην.

Arrian sagt nun ausdrücklich, dass diese βολή den früheren Übungen von Hadrian hinzugefügt sei. Auch Hadrian spricht in der oben angeführten Stelle von einem Speerwurf, welchen er „das schwerste des schweren" nennt, und zwar spricht er von ihm als von einer den gewöhnlichen Übungen hinzugefügten Schwierigkeit. Dies passt keinesfalls zu dem πέτρινος ἀκοντισμός, sondern kann nur mit der βολή ἐγκλίνοντος ἐπὶ δεξιὰν τοῦ ἵππου oder ἐπιστρέφοντι ἵππῳ in Verbindung gebracht werden. Jeder Reiter musste zwei Speerwürfe von verschiedenen Punkten auf dasselbe Ziel thun und zwar beidemal ὀρθῷ τῷ ἵππῳ, d. h. während sein Pferd auf das Ziel zugewendet stand oder sich auf das Ziel zubewegte. Hadrian hatte nun als Neuerung hinzugefügt, dass ein dritter Speerwurf nach einem besonderen Ziele bei nach rechts wendendem Pferde ausgeführt wurde.[1] Hadrian kritisiert also in der obigen Stelle die Ausführung einer von ihm eingeführten neuen Übung. — Von einer solchen Neuerung ist auch die Rede in Frgm. Db: [Catullinum leg. meum c. v.] laudo quod convertuit vos ad hanc exercitationem quae verae dimicationis imaginem accepit et sic exercet [ut magnopere etiam lau]dare vos pos-

---

[1] Die Stelle ἤδη δέ τις ὑπὸ ὀξύτητός τε καὶ φιλοτιμίας κτλ' enthält nichts neues, sondern bezeichnet nur eine Extraleistung. Einzelne führten auch nach drei Würfen ὀρθῷ τῷ ἵππῳ den von Hadrian vorgeschriebenen Wurf ἐπιστρέφοντι ἵππῳ aus. — Wenn übrigens ein sicherer Wurf vom Pferde schon an sich nichts leichtes gewesen sein kann, so begreift es sich vollkommen, dass ein Wurf jener neuen Art ex difficilibus difficillimum genannt werden konnte. Schon die Bewahrung des Gleichgewichts muss dabei schwierig gewesen sein.

sim. Leider ist der Anfang verloren, und wir wissen also nicht, worin diese Übung. welche ein „echtes Gefechtsbild" darbot, bestanden hat. Aber so viel geht aus dem Ausdruck hervor, dass es sich auch um eine neu eingeführte Übung handelte, welche die Soldaten unter Catullinus' Leitung gelernt und nun zum erstenmal unter den Augen des obersten Kriegsherrn ausgeführt hatten.[1] Es ist schon oben bezüglich des Frgm. Aa ausgeführt, dass das besondere Lob des Kaisers begründet wird durch die Erfüllung neuer, gesteigerter Anforderungen, und in Frgm. Ba und Db schliesst sich das Lob ausdrücklich an die befriedigende Ausführung neuer Vorschriften des Exerzierreglements an. Diesen Gegensatz zwischen den alten gewöhnlichen und den neuen von Hadrian hinzugefügten Übungen spricht auch Arrian zum Schluss nochmals allgemein aus c. 44 ταῦτα μὲν τοῖς Ῥωμαίων ἱππεῦσι τὰ ξυνήθη τε καὶ ἐκ παλαιοῦ ἀσκούμενα. βασιλεὺς δὲ προς-εξεῦρεν καὶ τὰ βαρβαρικὰ ἐκμελετᾶν αὐτούς, ὅσα τε ἢ Παρ-θυαίων ἢ Ἀρμενίων ἱπποτοξόται ἐπασκοῦσι καὶ ὅσας οἱ Σαυρο-ματῶν ἢ Κελτῶν κοντοφόροι ἐπιστροφάς τε καὶ ἀποστροφάς τῶν ἱππέων ἐν μέρει ἐπελαυνόντων, καὶ ἀκροβολισμοὺς ἐν τούτῳ πολυειδεῖς καὶ πολυτρόπους ἐς τὰς μάχας ὠφελίμους, καὶ ἀλαλαγ-μοὺς πατρίους ἑκάστῳ γένει, Κελτικοὺς μὲν τοῖς Κελτοῖς ἱππεῦσι, Γετικοὺς δὲ τοῖς Γέταις, Ῥαιτικοὺς δὲ ὅσοι ἐκ Ῥαιτῶν. καὶ τάφρον δὲ διαπηδᾶν μελετῶσιν αὐτοῖς οἱ ἵπποι καὶ τεῖχιον ὑπερἀλλεσθαι καὶ ἐνὶ λόγῳ, οὐκ ἔστιν ὅ τι Ῥωμαίοις τῶν τε παλαιῶν ἐπιτη-δευμάτων, ὅ τι περ ἐκλελειμμένον, οὐκ ἐξ ὑπαρχῆς ἐπασκεῖται, καὶ ὅσα ἤδη προςεξεύρηται ἐκ βασιλέως, τὰ μὲν ἐς κάλλος, τὰ δὲ ἐς ὀξύτητα, τὰ δὲ ἐς ἔκπληξιν, τὰ δὲ ἐς χρείαν τὴν ἐπὶ τῷ ἔργῳ· ὥστε ἐς τήνδε τὴν παροῦσαν βασιλείαν, ἣν Ἀδριανὸς εἰκοστὸν τοῦτ' ἔτος βασιλεύει, πολὺ μᾶλλον ξυμβαίνειν μοι δοκεῖ τὰ ἔπη ταῦτα, ἤπερ ἐς τὴν πάλαι Λακε-δαίμονα, Ἔνθ' αἰχμά τε νέων θάλλει καὶ μῶσα λίγεια, Καὶ δίκα εὐρυάγυια καλῶν ἐπιτάρροθος ἔργων.

---

[1] *Convertere* wird in demselben Sinne der Umwandlung aus einem schlechteren in einen besseren Zustand auch bei Spart. Hadr. 11, 2 gebraucht, und zwar von der eigenen Thätigkeit Hadrians im germanischen Heere *ergo conversis regio more militibus.* Auch dies ist ein Indizium für den Ursprung jener Partie.

Hadrians Neuerungen bezogen sich demnach auf die Eleganz, auf die Schneidigkeit, auf das Erschrecken (nämlich der Feinde cf. Dio 69. 9, 5 — κατεπλήττοντο) und auf den praktischen Gebrauch d. h. auf das Kriegsmaterial, die Bewaffnung u. ä. Dazu stimmt wieder Hadrians Kritik, in welcher die beiden ersten Gesichtspunkte deutlich vorangestellt werden. Κάλλος ist gleich *gratia*, und diese beurteilt er in Frgm. Ba und Aa *(placere-displicere)*. Noch mehr sieht er auf die ὀξύτης, welche er in den Fragm. Ba, Aa, Bb, Da beurteilt und welche er in Aa als Ersatz der *gratia* gelten lässt. — Zur ὀξύτης gehört ferner die oben besprochene Übung im Speerwurf bei wendendem Rosse, die Übungen im Schleudern,[1] die Übungen im Aufsitzen mittels Sprunges, welche in mannigfaltiger Form vorgeschrieben waren, und welche Hadrian in Frgm. Aa kritisiert. Vor allem suchte er die ὀξύτης aber durch Übungen in den Reiterkünsten und Kampfarten der Barbaren zu steigern. Hadrian war hier Kenner. Die Kampfesarten der Parther, Armenier, Sarmaten und Kelten, welche Arrian erwähnt, hatte Hadrian in seiner militärischen Laufbahn gründlich zu beobachten Gelegenheit gehabt. –

Damit sind die Neuerungen Hadrians, welche sich auf das Exerzierreglement und die militärische Ausbildung überhaupt beziehen, erschöpft. Berechtigen diese nun zu der Annahme, dass Hadrian das Heerwesen in irgend einem Punkte auf völlig neue Grundlagen gestellt habe? Keineswegs, sondern seine Neuerungen sind im wesentlichen Erneuerungen alter Bräuche und Vorschriften, welche er zeitgemäss umgestaltete und erweiterte. Am ehesten möchte man die barbarischen Kampfarten für eine Neuerung Hadrians halten, und Arrians Worte βασιλεὺς δὲ προςεξεῦρεν καὶ τὰ βαρβαρικὰ ἐκμελετᾶν αὐτούς scheinen das zu bestätigen. Jedoch Arrians Darstellung ist hier nicht widerspruchsfrei.

---

[1] Arrian 43, 1 ἐξακοντισμοί ... ἢ λίθων ἐκ χειρὸς ἢ ἐκ σφενδόνης. Hadr. Fragm. Aa *addidistis ut et lapides fundis mitteretis et missilibus confligeretis.* Dehner vermutet wohl mit Recht, dass Hadr. diese Waffe bei der Reiterei zuerst eingeführt habe. Er folgte dabei wohl auch barbarischem Vorbilde.

Denn jenen Worten vorher geht der Satz ταῦτα μὲν τοῖς
Ῥωμαίων ἱππεῦσι τὰ ξυνήϑη τε καὶ ἐκ παλαιοῦ ἀσκούμενα, und
unter diesen gewöhnlichen und seit Alters bestehenden
Übungen hat er doch schon den Petrinus und gerade im
vorletzten Cap. den Tolutegos, ein keltisches Manöver gegen
einen markierten Feind, beschrieben. Trotzdem nennt er
unter den barbarischen Übungen, welche Hadrian hinzu
erfunden haben soll, auch die keltischen. Vom Canta-
bricus, welchen auch Hadrian in seiner Kritik Frgm. Aa
erwähnt, sagt Arrian sogar ausdrücklich, dass er schon vor
Hadrian im Gebrauch gewesen sei.[1] Danach haben wir
anzunehmen, dass Hadrian einzelne vorhandene Keime dieser Art zur vollen Entfaltung gebracht, dass er diese Gat-
tung von Übungen vervollständigt und theoretisch fixiert
hat. Dafür spricht auch das zusammenfassende Schlussurteil Arrians καὶ ἑνὶ λόγῳ οὐκ ἔστιν ὅ τι Ῥωμαίοις τ ῶ ν τ ε
π α λ α ι ῶ ν ἐ π ι τ η δ ε υ μ ά τ ω ν ὅ τι περ ἐκλελειμμένον οὐκ ἐ ξ
ὑ π α ρ χ ῆ ς ἐπασκεῖται καὶ ὅσα ἤδη π ρ ο ς ε ξ ε ύ ρ η τ α ι ἐκ βασιλέως
κτλ. Also die alten Bräuche, auch die veralteten (ἐκλελειμμένον), wurden w i e d e r u m (ἐ ξ ὑ π α ρ χ ῆ ς) geübt, und zu
diesen hatte Hadrian manches hinzu erfunden.

Nun spricht aber Arrian hier zum Schluss nicht nur
von den Übungen der Kavallerie, sondern von den militärischen Übungen der Zeit Hadrians im Allgemeinen. Arrian
hatte früher schon im Auftrage Hadrians eine Schrift über
die Übungen der Infanterie veröffentlicht, c. 32, 3 ἐγὼ δὲ
τὰ ἱππικὰ γυμνάσια, ὅσα Ῥωμαῖοι ἱππεῖς γυμνάζονται, ἐν τῷ παρόντι
ἐπεξελϑών, ὅτι τὰ πεζικὰ ἔφϑην δηλῶσαι ἐν τῇ συγγραφῇ, ἥντινα
ὑπὲρ αὐτοῦ τοῦ βασιλέως συνέγραψα, τόδε μοι ἔσται τέλος τοῦ
λόγου τοῦ τακτικοῦ. Wenn Arrian die Übungen der Infanterie
für Hadrian beschrieben hat, so können diese von Änderungen oder Neuerungen noch weniger, als die Kavallerie-
übungen betroffen worden sein, oder Arrian müsste es er-

---

[1] l. c. c. 40 ἐπὶ τούτῳ δὲ Κ α ν τ α β ρ ι κ ή τις καλουμένη ἐπέλασις
γίνεται, ὡς δοκεῖν ἐμοίγε ἀπὸ Καντάβρων Ἰβηρικοῦ γένους ταύτῃ ὀνομασϑεῖσα,
ὅτι ἐκεῖϑεν αὐτὴν π ρ ο ς ε π ο ί η σ α ν σφίσιν Ῥωμαῖοι. Die Einführung
muss danach schon beträchtliche Zeit vor Hadrian erfolgt sein.

4. DIE QUELLEN F. D. MILITÄRREORGANISATION HADRIANS. 79

wähnen; denn nach dem inneren Zusammenhange der Stelle
will er natürlich sagen „die früher von mir beschriebenen
Infanterieübungen sind gegenwärtig noch in Geltung, deshalb brauche ich hier nicht mehr auf dieselben einzugehen"
— kurz, jenes Schlussurteil muss für die gesammten Constitutiones Hadrians gelten, d. h. für die gesammte Heeresreform Hadrians.

Auf dieses Ergebnis führen auch die übrigen Quellen.
Nichts anderes als Arrian sagt Dio in seinem Gesammt-
urteil 69, 9. 4—6 συντελόντι τε εἰπεῖν, οὕτω καὶ τῷ ἔργῳ καὶ
τοῖς παραγγέλμασι πᾶν τὸ στρατιωτικὸν δι᾽ ὅλης τῆς ἀρχῆς ἤσκησε
καὶ κατεκόσμησεν ὥστε καὶ νῦν τὰ τότε ὑπ᾽ αὐτοῦ
ταχθέντα νόμον σφίσι τῆς στρατείας εἶναι. καὶ διὰ τοῦτο καὶ
μάλιστα ἐν εἰρήνῃ τὸ πλεῖστον πρὸς τοὺς ἀλλοφύλους διεγένετο·
τήν τε γὰρ παρασκευὴν αὐτοῦ ὁρῶντες καὶ μήτε τι ἀδικούμενοι
καὶ προσέτι καὶ χρήματα λαμβάνοντες, οὐδὲν ἐνεόχμωσαν. οὕτω γὰρ
καλῶς ἤσκητο τὸ στρατιωτικὸν αὐτῷ ὥστε καὶ τὸ ἱππικὸν τῶν
καλουμένων Βαταούων τὸν Ἴστρον μετὰ τῶν ὅπλων διενήξαντο·
ἃ ὁρῶντες οἱ βάρβαροι τοὺς μὲν Ῥωμαίους κατεπλήττοντο, τρεπό-
μενοι δὲ ἐπὶ σφᾶς αὐτοὺς ἐχρῶντο αὐτῷ διαιτητῇ τῶν πρὸς ἀλλήλους
διαφορῶν. Hier wird es also klar gesagt, dass τὰ τότε ὑπ᾽
αὐτοῦ ταχθέντα, d. h. Hadrians Constitutiones sich bezogen
auf die militärische Ausbildung (ἤσκησε) und auf die Heeres-
verwaltung (κατεκόσμησεν). Dasselbe liegt in Spartians Worten
(Hadr, 10, 3) *ipse post Caesarem Octavianum labantem disciplinam incuria superiorum principum retinuit, o r d i n a t i s
e t o f f i c i s e t i m p e n d i i s*, und später *arma et supellecti-
lem (militum) c o r r e x i t* 11, 2 *ergo c o n v e r s i s regio more
militibus* (nämlich in Germanien) *Brittanniam petit in qua
multa c o r r e x i t*, d. h. er machte es mit dem brittannischen
Heere, wie er es mit dem germanischen gemacht hatte und
weiter mit dem ganzen Heere seine ganze Regierungszeit hindurch (πᾶν τὸ στρατιωτικὸν δι᾽ ὅλης τῆς ἀρχῆς) machte. Und endlich ist die Stelle Victors epit. XIV, 11 anzuführen: *O f f i c i a
sane publica et palatina n e c n o n m i l i t i a e in eam formam
statuit, quae paucis per Constantinum immutatis hodie perse-
verant.*

Das Ergebnis der obigen Untersuchung über die Berichte Spartians und Dios bleibt also durchaus bestehen. Hadrian hat in seiner Autobiographie wesentliche Umgestaltungen des Heerwesens nicht angeführt, weil er keine anzuführen hatte. Seine Änderungen und Verbesserungen des Exerzierreglements sind keine wesentlichen Umgestaltungen, und er selbst hat sie am wenigsten dafür angesehen und ausgeben wollen, vielmehr diese Details des Exerzierplatzes in seiner Autobiographie, wie es sich gehörte, übergangen. Seine Darstellung hält sich an die allgemeine und darum auch für das römische Laienpublikum interessantere Seite seiner Heeresreform. Hier wollte er noch weniger als Neuerer, vielmehr als Wiederhersteller gelten. Er beruft sich auf Scipio und Metellus, auf Augustus und Trajan. Den Augustus lobt er, wie schon bemerkt, wegen der Sorge für Aufrechterhaltung der *disciplina*. Wenn Augustus von sich sagt (Mon. Ancyr. c. 8) *legibus novis latis complura exempla maiorum exolescentia iam ex nostro usu reduxi et ipse multarum rerum exempla imitanda posteris tradidi*, so ist auch an die militärischen Massregeln zu denken (nach Sueton Aug. 24 *in re militari et commutavit multa et instituit, atque etiam ad antiquum morem nonnulla revocavit. disciplinam severissime rexit etc.*) Zu diesem Zwecke der Wiederbelebung alter Sitten und Einrichtungen machte August litterarische Studien, um Vorschriften und Beispiele zu sammeln, welche er dann je nach ihrem Inhalt den betreffenden Personen, darunter auch den Regimentskommandeuren, zur Befolgung mitteilte (Suet. Aug. 89 *in evolvendis utriusque linguae auctoribus nihil aeque sectabatur quam praecepta et exempla publice vel privatim salubria, eaque ad verbum excerpta aut ad domesticos aut ad e x e r c i t u u m provinciarumque rectores aut ad urbis magistratus plerumque mittebat, prout quique monitione indigerent*). Da Hadrian gleichfalls, nach dem Zeugnisse Arrians, die alten Übungen wieder einführte,[1] so musste auch er dazu litterarische Studien

---

[1] Auch eine Stelle bei Spartian sagt ausdrücklich, dass die alten Dienstvorschriften für Hadrian massgebend waren 10, 8 *ne quis* .... *c o n t r a m o r e m c e t e r e m* ...; es ist von der Regelung der Militärpflicht bezügl. des Lebensalters die Rede.

machen, und zwar in den Theoretikern und Historikern. Die Nennung des Scipio und Metellus weist auf Coelius und Sallust. Coelius hatte ja eine besondere Vorliebe für die Scipionen,[1] und auf die Verwandtschaft der Massregeln des Metellus bei Sallust (Jug. 44 f.) und des Hadrian bei Spartian, d. h. in seiner Autobiographie, ist schon hingewiesen. Ferner hatte Frontin unter Trajan seine militärischen Schriften herausgegeben und war von der höchsten Autorität in diesen Dingen, von Trajan, dafür belobt worden. Es versteht sich, dass für Hadrian dieses Urteil „seines Lehrmeisters" massgebend war, dass er also Frontins Darstellung zu Rate gezogen hat. Es ist sogar noch eine äussere Spur davon vorhanden. Wenn nämlich das vierte Buch der Strategemata Frontins *de disciplina* beginnt: *P. Scipio ad Numantiam corruptum superiorum ducum socordia exercitum correxit, Metellus bello Jugurthino similiter lapsam militum disciplinam pari severitate restituit*, und wenn in jener aus der Autobiographie stammenden Stelle Spartians gerade das Beispiel des Scipio und Metellus zusammengestellt und dann von Hadrian gesagt wird *si quidem ipse post Caesarem Octavianum labantem disciplinam incuria superiorum principum retinuit*, so darf das schwerlich als Zufall angesehen werden. Wenn aber auch bei den Bedenken, denen die Echtheit des vierten Buches der Strategemata unterliegt, die angeführten Stellen auf einer gemeinsamen dritten Quelle beruhen sollten, so kann doch aus inneren Gründen an der Benutzung Frontins durch Hadrian nicht gezweifelt werden. Denn Frontins Schriften waren damals auf militärischem Gebiete die neuesten Leistungen, deren Ansehen durch das Lob Trajans sofort ein sehr hohes sein musste. — Die wichtigste Autorität unter den Militärschriftstellern war aber für Hadrian eine andere, und zwar der alte Cato, der erste und wichtigste Militärschriftsteller der Römer überhaupt,[2] der schon deshalb in erster Linie

---

[1] cf. Wölfflin 'Antiochus v. Syrakus und Coelius Antipater', S. 78.

[2] Veget. II, 3 *Cato ille major, cum et armis invictus esset et consul exercitus saepe duxisset, plus se reipublicae credidit profuturum, si disciplinam militarem conferret in litteras. Nam unius aetatis sunt quae*

Hadrians Vorbild und Quelle sein musste.[1] Dass er es gewesen ist, ergiebt sich aus einem Zeugnis bei Fronto. Dieser erteilt dem L. Verus brieflich (p. 128 Nab.) Ratschläge, wie er die von neuem eingerissene Verkommenheit der syrischen Armee beseitigen, wie er dieselbe „zur Raison und zum Fleiss" bringen sollte.[2] Er verweist ihn auf das Beispiel Hannibals, Scipios, Metellus' und vor allem auf die Lehren des alten Cato, welchen er *orator idem et imperator summus* nennt. Er fügt hinzu *ipsa subieci Catonis verba, in quibus consiliorum tuorum expressa vestigia cerneres: Interea unam quamque turmam, manipulum, cohortem temptabam quid facere possent: proeliis levibus spectabam cuiusmodi quisque esset; si quis strenue fecerat, donabam honeste, ut alii idem vellent facere, atque in contione verbis multis laudabam.* Diese Vorschriften hat auch Hadrian auf das genaueste befolgt. Auch er lässt in Lambaesis die einzelnen Truppenteile gesondert manövrieren und zwar, wie aus Frgm. Da, Db, Bb hervorgeht, gegen einen markierten Feind. Auch Hadrian kritisiert die Schneidigkeit (*strenue facere*, *animus*, ὀξύτης) und erteilt für dieselbe Lobsprüche und Belohnungen, ja selbst das *verbis multis laudabam* findet seine Bestätigung.[3] — Aber noch ein anderer

fortiter fiunt; quae vero pro utilitate reipublicae scribuntur aeterna sunt. Idem fecerunt alii complures, sed praecipue Frontinus, divo Trajano ab eiusmodi comprobatus industria. Horum instituta, horum praecepta . . . signabo.

[1] Hadrians Vorliebe für Cato als Schriftsteller wird bezeugt durch Spart. Hadr. 16, 6 *Ciceroni Catonem, Vergilio Ennium, Sallustio Coelium praetulit.* – Catos Autorität ruft Hadrian an, um die Aufgabe der Provinzen zu rechtfertigen Spart. Hadr. 5, 3 *(exemplo Catonis ut dicebat).* Auf Catos militärische Vorschriften verweist er in der lambäsitanischen Urkunde, nach Mommsens Vermutung, welche Wilmanns mit Recht angenommen hat, vgl. Comm. Momms. S. 211 Anm. — Auch in der *disciplina civilis* erinnern einige Massregeln Hadrians an Catos Vorbild, z. B. Spart. Hadr. 22, 5 *diligentia iudicis sumptus convivii constituit et ad anticum modum redegit.*

[2] Auch hier erscheint wieder der fast technisch zu nennende Ausdruck *ad frugem atque industriam convertere.*

[3] Die damit gleichfalls übereinstimmenden Stellen aus den Berichten Spartians und Dios sind oben angeführt.

Umstand musste Hadrian gerade auf Cato weisen. Cato hatte in seinem Handbuch *de re militari* Vorschriften gegeben,[1] wie der Sieg zu gewinnen sei; er handelte von den zu ergreifenden Massregeln und namentlich auch von den zu vermeidenden Fehlern;[2] denn, sagte er, in allen Dingen lassen sich Fehler verbessern, nur nicht in den Schlachten, weil hier die Strafe dem Fehler auf dem Fusse folgt. Die Schrift hielt denjenigen Heerführern den Spiegel vor, *qui verae laudis expertes sunt* d. h. solchen, welche entweder keine militärische Erfahrung haben oder die militärische Disziplin durch Nachlässigkeit oder verkehrte Massregeln verkommen lassen oder geradezu verderben. Diese Tendenz musste Hadrian aus der Seele gesprochen sein; auch er erhebt ja gegen die *superiores principes* den Vorwurf der *incuria* in dieser Beziehung. — Wie aber schon Cato für seine Schrift *de re militari* die griechischen Taktiker studierte, so wird natürlich auch Hadrian diese nicht vernachlässigt, d. h. sie wenigstens studiert haben. Dass er aber, wie Köchly und Rüstow behaupten,[3] „bei seiner blinden und einseitigen Vorliebe für alles Griechische auch in der Militärreorganisation den Mechanismus und Schematismus der griechischen Taktiker-Philosophen, so weit möglich, einzuführen versucht habe", ist ebenso falsch, wie das gleich unten anzuführende Urteil derselben Autoren über Hadrians gesammte Militärreorganisation. Hadrian hat seine Neuerungen nicht einzuführen v e r s u c h t, sondern wirklich eingeführt, und von blinder, einseitiger Vorliebe für alles Griechische, mit der es überhaupt bei ihm nicht stimmt, kann in militärischer Beziehung vollends keine Rede sein. Es sind nicht einmal bestimmte griechische Einflüsse in der Heeresreform nachweisbar. Jene Ansicht von K. und R. wird allein durch Arrian widerlegt, welcher a m Ende der Regierung Hadrians die hellenische und makedonische Taktik für die, welche

---

[1] vgl. Jordan Cato Proll. p. CII. u. p. 80 ff.

[2] Eine solche Vorschrift führt Hadrian in seiner Kritik Frgm. Db aus Cato an, wie oben S. 82 A. 1 erwähnt ist.

[3] Griech. Kriegsschriftsteller B. II. I. Abt. Einl. S. 83.

sich darüber belehren wollen, beschreibt (tact. 32, 2), während er früher für H a d r i a n die r ö m i s c h e n Infanterieübungen behandelt hat. Wir ersehen aus den erhaltenen
Quellen nur, dass Hadrian tüchtige griechische Fachmänner
bei der Heeresreform oder bei besonderen militärischen
Anlässen theoretisch und praktisch mitzuwirken veranlasst hat.

Wir kommen zum Schlusse. Es ist gezeigt worden,
dass Hadrian eine Änderung in der Organisation des Heeres
nicht vorgenommen hat. Auch die im zweiten Jahrhundert
wieder durchgeführte Phalanxtaktik ist schon vor ihm
nachweisbar.[1] Wenn also eine Epoche durch Einführung
völlig neuer, noch nicht dagewesener Einrichtungen gebildet werden soll, so kann eine solche für das römische
Heerwesen unter Hadrian nicht angesetzt werden. Aber
ein bedeutender Einschnitt in einer Entwicklung kann
auch dadurch entstehen, dass alte bewährte Einrichtungen,
welche durch Vernachlässigung untergegangen sind, wieder,
wenn auch mit zeitgemässen Änderungen, erneuert werden. Dies hat Hadrian gethan, zwar auch dieses nicht
er zuerst, sondern August und Trajan schon vor ihm.
Aber Augusts Sorge für das Heerwesen hatte bei den Nach-
folgern keine Nachahmung gefunden, und nach einem Jahrhundert war dann das Heerwesen in einem Zustande, dass
die durchgängige Verbesserung desselben für e i n e n Mann,
selbst wenn es ein Trajan war, eine unlösbare Aufgabe
war. Trajan griff, wie natürlich, zunächst überall da durch,
wo es das praktische Bedürfnis seiner Feldzüge nötig machte.
Hadrian ging in seinen Bahnen weiter. Ihm gebührt aber
das Verdienst, die Aufgabe der Heeresverbesserung um-
fassend und planmässig in Angriff genommen und zu einem
systematischen Abschluss gebracht zu haben. Bei seinen Ord-
nungen ist es dann bis auf Diocletian — die Neuorganisation
der Garden durch Septimius Severus war bekanntlich mehr
politischer als militärischer Natur — im wesentlichen geblieben.
Der leitende Gedanke in dieser Heeresreform Hadrians ist der,

---

[1] Lange hist. mut. r. m. R. p. 82.

dass der Versuch gemacht werden sollte, ob jene altrömische
disciplina, welche einst die Welt erobert hatte, für die Behauptung der Weltherrschaft nicht wenigstens eine kräftigere
Stütze abgeben könnte, als unter den früheren Kaisern.
Der Gedanke musste sich um so mehr darbieten, als ja
Trajan eben bewiesen hatte, dass das römische Heer sogar
noch zu Eroberungen fähig sei. Auch unter Hadrian, und
zwar durch seine Reform, hat das Heer dem Reiche noch
für eine lange Reihe von Jahren dasjenige Gut erobert,
wonach es am meisten verlangte, den Frieden.

Anders urteilen Köchly und Rüstow (Griech. Kriegsschriftsteller II 1. Abt. Einl. S. 83). Sie stellen Trajan und
Hadrian in Gegensatz und behandeln des letzteren militärische Thätigkeit sehr wegwerfend. „Jener, der gefeierte
Sieger der Daker und Parther, der sich wohl gern dem
Alexander verglichen sah, mag vorzugsweise das demorali-
sierte Heer zur aktiven kriegerischen Thätigkeit wieder
tüchtig gemacht; dieser, dem das Kaiserreich der Friede
war, übrigens ein Pedant und Formenmensch, der in alles
hineinpfuschte, mag die allseitige Dressur seiner Paradesoldaten nach allen Seiten bis zum äussersten verfolgt
haben." In der Anmerkung dazu heisst es von dem Berichte Spartians (c. 10): „das ganze Kapitel ist voll von
den kleinen Mittelchen, durch welche friedliche Kriegsherren
ihr Heer ebenso in Beschäftigung wie in guter Laune zu erhalten pflegen." Dies Urteil beruht auf oberflächlicher Beurteilung der Quellen. Auf den „Pedanten und Pfuscher" komme
ich noch im folgenden Abschnitt zurück. Hier handelt es
sich um die militärische Thätigkeit Hadrians; diese soll
auch nur eine dilettantische Spielerei ohne praktischen Wert
gewesen sein. Zunächst liegt bei den „Paradesoldaten"
eine moderne Vorstellung zu Grunde, welche dem Altertum
fremd ist. Hadrians Heeresinspektionen sind nicht mit
unseren heutigen Paraden, sondern mit Manövern zu ver-
gleichen, wie die Urkunde von Lambaesis beweist.[1] Dürfen

---

[1] Hadrian hat bei allen Manövern ähnliche Kritiken abgehalten.
Denn die Heeresmünzen zeigen den Kaiser stets, wie er auf einem
Suggest stehend oder zu Ross sitzend eine Ansprache an die Soldaten hält.

ferner militärische Belohnungen und Auszeichnungen als
„Mittelchen" für die gute Laune der Soldaten bezeichnet
werden? Oder haben Scipio und Metellus, welche jene
Mittelchen schon angewendet haben, auch nur die gute
Laune der Soldaten befördern wollen? Wären endlich gut
dressierte Paradesoldaten wirklich ein Beweis für miltärische
Untüchtigkeit im Felde? Arrian sagt allerdings, dass Hadrian
auf elegante Ausführung der Übungen gehalten habe, und
Hadrians Manöverkritik bestätigt es. Arrian berichtet ferner
(tact. 35) von der Verwendung skythischer Feldzeichen bei
der Reiterei, welche, aus bunten Lappen hergestellt und an
langen Stangen befestigt, beim Angriff in der Carrière sich
aufgebläht und in der Luft flatternd ganz die Gestalt von
Schlangen angenommen hätten. Als Zweck giebt er an ταῦτα τὰ σημεῖα οὐ τῇ ὄψει μόνον ἡδονὴν ἢ ἔκπληξιν παρέχει, ἀλλὰ
καὶ ἐς διάκρισιν τῆς ἐπελάσεως καὶ τὸ μὴ ἐμπίπτειν ἀλλήλαις
τὰς τάξεις ὠφέλιμα γίγνεσθαι. Dies erscheint uns allerdings
als eine lächerliche Spielerei, welche bei unseren Knaben
wohl ἡδονή, aber gewiss keine ἔκπληξις erregen würde. Aber
ähnliche Spielereien finden sich im antiken Militärwesen
auch sonst, K. und R. selbst führen a. O. S. 85 eine andere
„unsterbliche Spielerei" aus Xenophon an. Arrian, der für
die militärischen Einrichtungen seiner Zeit die bedeutendste
Autorität ist, hat die Sache anders angesehen, und er giebt
doch auch noch einen praktischen Nutzen an, den er besonders betont. Alles dies ist jedoch unwesentlich. Denn
die Hauptsache ist für Hadrian, wie schon oben bemerkt,
die Rücksicht auf den Ernstfall, auf die *vera dimicatio*,
wie er selbst, oder auf die ἀλήθεια τῶν πολεμικῶν ἔργων,
wie Arrian sagt, welche Ausdrücke wiederum so auffallend
übereinstimmen, dass man auch für sie eine gemeinsame
Beziehung auf die Constitutiones Hadrians annehmen darf.
Dasselbe sagt auch Spartian *pacisque magis quam belli cupidus militem quasi bellum immineret exercuit.*[1] Der

---

[1] Auf diese Stelle stützt sich die von K. und R. gebrauchte na-
poleonische Phrase. Es lohnt nicht der Mühe, sich bei derselben auf-
zuhalten. Denn die Verkehrtheit ihrer Anwendung auf Hadrian liegt

Zweck von Hadrians Heeresreform war also derjenige, welcher bei jeder wahrhaften Heeresreform verfolgt wird. Nun könnte man jenes geringschätzige Urteil darin begründet finden, dass Hadrian sich eingebildet habe, jenen Zweck mit dem damaligen Heere noch erreichen zu können. Von dieser Illusion ist Hadrian aber frei gewesen, vielmehr zeigt er ein sehr unbefangenes und unverblendetes Urteil. Er hat sich nicht eingebildet, dass auch nur für den Schutz des Reiches das Heer allein ausreiche; daher seine Aufgabe der Provinzen (Spart. 5, 3 *quia tueri non poterant*), die Limesbauten, die Geldzahlungen an unruhige Nachbaren. Dass aber das Heer immerhin die wichtigste Schutzwehr bleiben musste, wenn das Reich sich nicht selbst aufgeben wollte, ist klar, und dass es zu einer besseren, verlässlicheren Schutzwehr, als früher, gemacht werden konnte, hat Hadrian durch die That bewiesen. Jedenfalls ist das sicher, dass seine Heeresreform keine dilettantische Laune und Spielerei gewesen, sondern in sehr ernstlicher, wohlerwogener Absicht unternommen und mit grosser Energie unter rücksichtslosem Einsetzen seiner Person durchgeführt ist, und man darf nach der in diesem Punkte herrschenden Übereinstimmung aller Quellen auch behaupten, dass er erreicht hat, soviel noch zu erreichen möglich war, weshalb denn auch in der Folgezeit immer wieder, entweder von den Kaisern oder von den Prätendenten, auf seine Bestimmungen zurückgegriffen wurde. Mag es also auch eine starke Übertreibung Arrians sein, wenn er am Schlusse der Taktik die Verse Terpanders

> ἔνθ' αἰχμά τε νέων θάλλει καὶ μῶσα λίγεια,
> καὶ δίκα εὐρυάγυια καλῶν ἐπιτάρροθος ἔργων

für die Regierung Hadrians passender findet, als für das alte Sparta, eine Übertreibung, welche mehr Anhänglichkeit an Hadrian als Geschmack verrät: in der Wirklichkeit

---

auf der Hand. K. u. R. haben jene Einleitung 1854 geschrieben. Damals war die Phrase neu, und ihre Anwendung ist eine jener schillernden Geistreichigkeiten, welche einer kritischen Berührung nicht Stand halten.

muss doch ein annähernder Grund für diese Übertreibung vorhanden gewesen sein. Auch Dio giebt doch als Resultat der Heeresreform an, dass dieselbe zur Sicherung des Reiches nicht bloss mitgewirkt, sondern dass sie allein die Nachbarn im Zaume gehalten, ja zu freiwilliger Unterwerfung veranlasst habe.[1] Fronto scheint sogar der Meinung zu sein, dass Hadrian die Aufgabe der östlichen Provinzen keineswegs nötig gehabt, dass er sie sehr wohl hätte militärisch halten können, wenn er nur gewollt hätte. Princ. hist. p. 206 (Nab.) *Hadriano principe regundis et facunde appellandis exercitibus suis impigro, sed a summ . . . . bellorum. Hadrianus provincias manu Trajani captas omittere maluit quam exercitu retinere.* Die Stelle ist zwar nur lückenhaft erhalten, gestattet jedoch die obige Auffassung, und nur diese. Der Tadel richtet sich gegen Hadrians Politik, während seine militärische Thätigkeit anerkannt wird. Nun war Fronto in militärischen Dingen allerdings nur ein Phormio. Aber sein Urteil wird hier nach einer anderen Seite doch von Bedeutung. Man darf in demselben das geringste Mass von Anerkennung erblicken, welches die Zeitgenossen der militärischen Thätigkeit Hadrians zollten; denn Fronto war Hadrian ungünstig gesinnt. Wie aber die Anhänger darüber urteilten, beweist Arrian, und das Heer urteilte ebenso, Spart. Hadr. 21, 9 *a militibus propter curam exercitus nimiam multum amatus est, simul quod in eos liberalissimus fuit.* Dass vollends Hadrian kein Dilettant, sondern der gründlichste Kenner in militärischen Dingen war, sagt Marius Maximus bei Spart. Hadr. 14, 10 *idem armorum peritissimus et rei militaris scientissimus.*

---

[1] In der oben S. 79 angeführten Stelle καὶ διὰ τοῦτο καὶ μάλιστα ἐν εἰρήνῃ τὸ πλεῖστον πρὸς τοὺς ἀλλοφύλους διεγένετο κτλ. Der Schluss der Stelle ἐχρῶντο αὐτῷ διαιτητῇ τῶν πρὸς ἀλλήλους διαφορῶν wird bestätigt durch Spart. Hadr. 12, 7 *Germanis regem constituit, motus Maurorum compressit et a senatu supplicationes emeruit.*

5. DIO UND APOLLODOR.

Das oben erwähnte Urteil Köchlys und Rüstows findet in der Überlieferung auch nicht eine einzige Stütze, es sei denn die, dass Hadrian „in allem ein Pfuscher war“. Mit dieser Behauptung ist es ebenso schlecht bestellt, wie mit dem Urteil über die Paradesoldaten. Dass Hadrian in allen Künsten und Wissenschaften dilettierte, ist bekannt; aber heute ist auch bekannt, wie über die konventionelle Schöngeisterei, in welcher die höheren Kreise Roms wetteiferten, zu urteilen ist. Nichts kann verkehrter sein, als diese Modebeschäftigungen des Kaisers mit seiner Regierungsthätigkeit auf eine Stufe zu stellen. Übrigens kann es mit Hadrians Dilettantismus in der bildenden Kunst nicht gar so schlimm bestellt gewesen sein. Die grossartige Nachblüte, welche die Architektur und Plastik unter seiner Regierung erlebte, ist ohne seine einsichtige Initiative und verständnisvolle Teilnahme undenkbar, und wenn er gar im Stande war, Pläne, wie diejenigen zum Romatempel und zu seinem Mausoleum selbst zu entwerfen, so wird man es ihm schwerlich verdenken können, wenn er sich auf solchen Dilettantismus etwas einbildete. Nun erzählt aber Dio zwei Anekdoten, welche Hadrian allerdings als Pfuscher in der bildenden Kunst erscheinen lassen, und besonders auf diese Erzählung Dios gründet sich offenbar jene Behauptung von K. u. R. — Dio 69, 4, 2—5 τὸν Ἀπολλόδωρον τὸν ἀρχιτέκτονα τὸν τὴν ἀγορὰν καὶ τὸ ᾠδεῖον τό τε γυμνάσιον, τὰ τοῦ Τραιανοῦ ποιήματα, ἐν τῇ Ῥώμῃ κατασκευάσαντα τὸ μὲν πρῶτον ἐφυγάδευσεν, ἔπειτα δὲ καὶ ἀπέκτεινε, λόγῳ μὲν ὡς πλημμελήσαντά τι, τὸ δ᾽ ἀληθὲς ὅτι τοῦ Τραιανοῦ κοινουμένου τι αὐτῷ περὶ τῶν ἔργων εἶπε τῷ Ἀδριανῷ παραλαλήσαντί τι, ὅτι ἄπελθε καὶ τὰς κολοκύνθας γράφε· τούτων γὰρ οὐδὲν ἐπίστασαι. ἐτύγχανε δὲ ἄρα τότε ἐκεῖνος τοιούτῳ τινι γράμματι σεμνυνόμενος. αὐτοκρατεύσας οὖν τότε ἐμνησικάκησε καὶ τὴν παρρησίαν αὐτοῦ οὐκ ἤνεγκεν. αὐτὸς μὲν γὰρ τοῦ τῆς Ἀφροδίτης τῆς τε Ῥώμης ναοῦ τὸ διάγραμμα αὐτῷ πέμψας, δι᾽ ἐνδειξιν ὅτι καὶ ἄνευ ἐκείνου μέγα ἔργον γίγνεσθαι δύναται, ἤρετο εἰ εὖ ἔχοι τὸ κατασκεύασμα· ὁ δ᾽ ἀντεπέστειλε περί τε

τοῦ ναοῦ ὅτι καὶ μετέωρον αὐτὸν καὶ ὑπεκκεκενωμένον γενέσθαι
ἐχρῆν, ἵν' ἔς τε τὴν ἱερὰν ὁδὸν ἐκφανέστερος ἐξ ὑψηλοτέρου εἴη
καὶ ἐς τὸ κοῖλον τὰ μηχανήματα ἐςδέχοιτο, ὥστε καὶ ἀφανῶς συμ-
πήγνυσθαι καὶ ἐξ ὧν προειδότος ἐς τὸ θέατρον, καὶ περὶ τῶν
ἀγαλμάτων ὅτι μείζονα ἢ κατὰ τὸν τοῦ ὕψους τοῦ μεγάρου λόγον
ἐποιήθη· "ἂν γὰρ αἱ θεαί, ἔφη, "ἐξαναστήσεσθαί τε καὶ ἐξελθεῖν
ἐθελήσωσιν, οὐ δυνήσονται". ταῦτα γὰρ ἀντικρὺς αὐτοῦ γράψαντος
καὶ ἠγανάκτησε καὶ ὑπερήλγησεν ὅτι καὶ ἐς ἀδιόρθωτον ἁμαρτίαν
ἐπεπτώκει, καὶ οὔτε τὴν ὀργὴν οὔτε τὴν λύπην κατέσχεν, ἀλλ'
ἐφόνευσεν αὐτόν. Diese ganze Erzählung Dios steht mit
anderen unbedingt glaubwürdigen Zeugnissen in so schroffem
Widerspruche, dass dieselbe als unwahr verworfen werden
muss. Dieser Widerspruch ist meines Wissens bisher noch
nicht behandelt [1]; er verdient es aber, weil dabei noch etwas
mehr herauskommt, als die Widerlegung Dios.

Dios Erzählung ist schon für sich nicht ohne Uneben-
heit. Zuerst klingt es so, als ob die Verbannung und
Tötung Apollodors durch den ersten Vorfall veranlasst worden wäre. Nach den Worten αὐτοκρατεύσας οὖν τότε ἐμνησικάκησε καὶ τὴν παρρησίαν αὐτοῦ οὐκ ἤνεγκεν scheint es wieder so, als hätte Hadrian sich für beide Kränkungen auf
einmal gerächt und den Apollodor sogleich töten lassen,
da zu der alten Kränkung, die er notgedrungen hingenom-
men, aber nicht vergessen hatte, eine neue hinzukam. Diese
Unklarheit mag aber nicht Dio, sondern seinen Epitomatoren
zur Last fallen. Denn nach den Worten τὸ μὲν πρῶτον
ἐφυγάδευσεν, ἔπειτα δὲ καὶ ἀπέκτεινε nebst αὐτοκρατεύσας
οὖν τότε ἐμνησικάκησε muss man die ganze Stelle so auf-
fassen, dass Hadrian den Apollodor wegen der ersten
παρρησία verbannt, wegen der zweiten getötet habe, und

---

[1] Brunn (Geschichte der griech. Künstler II S. 340) folgt allein
Dio, ohne die entgegenstehenden Zeugnisse auch nur zu berücksichtigen;
er hat dieselben wohl übersehen. Was Duruy hist. des Rom. V p. 123
sagt, ist so oberflächlich und phrasenhaft, wie seine ganze Geschichte.
Den Urtext der Quellen scheint er gar nicht eingesehen zu haben;
wenigstens zitiert er den Apollodor in lateinischer Übersetzung, welche
in französischen Ausgaben ja daneben zu stehn pflegt. Seine Übersetzung einiger Stellen ins Französische ist auch mehr als wunderlich.

zwar ersteres gleich nach seinem Regierungsantritt oder
spätestens nach seiner ersten Ankunft in Rom 118, letz-
teres nach der Antwort Apollodors auf die Anfrage bezüglich des Romatempels. Man denkt bei der Übersendung
des Baurisses und der Anfrage, ob derselbe gut sei, zunächst an die Zeit vor Beginn des Baues, d. h., da der
Grundstein am 21. April 121 gelegt ist,[1] an die Jahre
118 – 121. Aber aus dem Tempus der Verba ἐχρῆν, ἐποιήθη
und besonders aus den Worten ὅτι ἐς ἀδιόρθωτον ἁμαρτίαν
ἐπεπτώκει geht hervor, dass die Übersendung der Zeichnung
nach Vollendung des Baus im Jahre 128[2] erfolgte, natürlich gleich nach derselben, etwa im Winter 128/129, ehe
Hadrian seine zweite grosse Reise antrat. Danach wäre
Apollodor in den Jahren 118—121 verbannt und im Jahre
128 129 getötet. — Zu dem ersten Punkte stimmt nun
schon nicht der Bericht Spartians über die ersten Regierungsjahre. Hadrian hatte schwere Mühe, den Unwillen
über die Hinrichtung der vier Consularen zu beschwichtigen,
und er hätte denselben durch einen persönlichen Racheakt
sofort wieder erregen sollen? In direktem Widerspruch
zu der Nachricht von der Verbannung steht aber ein anderes Zeugnis Spartians 19, 13 *transtulit et colossum stantem
atque suspensum per Decrianum architectum de eo loco, in quo
nunc templum urbis est ingenti molimine, ita ut operi etiam
elephantos viginti quattuor exhiberet. et cum hoc simulacrum
post Neronis vultum, cui antea dicatum fuerat, Soli consecrasset, aliud tale Apollodoro architecto auctore facere Lunae
molitus est.*[3] Es wird hier gesagt, dass Hadrian den Koloss

---

[1] Dürr a. O. S. 25 – 27.

[2] Dürr a. O. S. 20.

[3] Nach Plin. h. n. 34, 45 hat Vespasian den Koloss dem Sol geweiht, was mit obiger Stelle im Widerspruch steht. Aber der Ausdruck *cum — post Neronis vultum — consecrasset* ist unmög-
ich richtig. So könnte nur gesagt werden, wenn Hadrian den Koloss
dem Nero errichtet und diese Bestimmung später geändert hätte. Die
richtige Lesart ist unzweifelhaft *consecratum esset*, was sehr leicht,
namentlich wenn man eine Abkürzung der Endung *-tum* annimmt, als
consecrasset gelesen werden konnte. Nach dem ganzen Zusammenhange
der Stelle ist es auch viel natürlicher, dass der Gedanke an einen Ko-

des Nero an eine andere Stelle schaffen liess, und zwar
that er dies, um den Bauplatz für das *templum urbis*, welches der spätere Name für den Romatempel ist, freizulegen.
Dies ist natürlich erst kurz vor Beginn des Baus, also
frühestens im Jahre 120, wahrscheinlich erst Anfang 121
geschehen. Mit dieser Translocierung des Kolosses auf das
noch heute erhaltene Postament hing erst der Gedanke zusammen, demselben eine Luna als Seitenstück zu geben.
Die Worte *Apollodoro architecto auctore facere molitus est*
können nun heissen. dass Apollodor ihm den Rat dazu gegeben habe, oder dass Hadrian dem Apollodor die Ausführung des Werkes habe übertragen wollen. In jedem
Falle aber setzt die Stelle die Anwesenheit des Apollodor
in Rom voraus, und sie widerlegt ferner auch die Angabe
Dios, dass Hadrian den Apollodor von der öffentlichen Wirk-
samkeit ausgeschlossen habe (δι᾿ ἔνδειξιν ὅτι καὶ ἄνευ ἐκείνου
μέγα ἔργον γίγνεσθαι δύναται). — Damit ist aber auch schon
die zweite Nachricht Dios widerlegt. Denn wenn Apollodor
damals in Rom war, so hat er unzweifelhaft auch die Pläne
zum *templum urbis* nicht nur gekannt, sondern auch be-
gutachtet, bevor Hadrian in einen nicht gut zu machenden
Fehler verfallen konnte. — Jedoch als gewichtigster Zeuge
gegen Dio tritt Apollodor selbst in der Einleitung seiner
Poliorketika[1] auf. Wir müssen diese Einleitung, da die
Schrift wenig bekannt, auch wohl nicht überall leicht zu-
gänglich ist, ganz einrücken. Ἀνέγνων σου, δέσποτα, τὴν περὶ
τῶν μηχανημάτων ἐπιστολὴν καὶ μακάριος ἐγενόμην ὅτι με κοινω-
νῆσαι ταύτης σου τῆς φροντίδος ἄξιον ἔκρινας. Ποιήσας οὖν ὑπο-
δείγματά τινα πρὸς πολιορκίαν εὐχρηστα, ἔπεμψα διαγράψας καὶ
πᾶσιν ὑπελάλησα καὶ ὑπουργὸν ἀπέλυσα πάντα δείξας καὶ ἐπ᾿
αὐτοῦ ἐργασάμενος ἵνα πρὸς τὰ ὑποδείγματα ὁμοίως, εἴ τις χρεία
γένοιτο, ἐργάσηται. Ἐπεὶ οὖν ἀγνοῶ τοὺς τόπους, σχήματα πολλὰ

---

loss der Luna durch den bereits vorhandenen Koloss des Sol an-
geregt ist. Auch die Form *dicatum fuerat* setzt voraus, dass der
Koloss zu Hadrians Zeit nicht mehr dem Nero d. h. schon vor
Hadrian einem anderen geweiht war.

[1] Neu veröffentlicht bei Wescher Poliorcétique des anciens
Grecs. Paris 1867.

καὶ ποικίλα διέγραψα καὶ τὰς αἰτίας ἐπήνεγκα, ἑκάστῳ βοήθειαν
καὶ φυλακὴν καὶ ἀσφάλειαν προςαρμόσας, καὶ ὡς ἐπὶ τὸ πλεῖστον,
εὐπόριστα, ἐλαφρὰ, εὐεργῆ, ταχέα ὑπὸ τῶν τυχόντων συντελού-
μενα. Ταῦτά σοι ἐφωδίασα, δέσποτα, ὡς οὐ μόνον ἐπινοεῖν
ὑμᾶς τὰ ἔργα, ἀλλὰ καὶ χρῆσθαι αὐτοῖς δύνασθαι διδάξας· ἄλλως
γὰρ πολιορκεῖται πολίσματα πάσῃ παρασκευῇ καὶ ἀφθονίᾳ καὶ
ὕλης καὶ χρόνου, καὶ ἄλλως ἔθνη καὶ κλίματα ὑπὸ τῆς τυχούσης
περιτροπῆς εὐτροπούμενα· ὅθεν σκεψάμενος καὶ ἐννοηθεὶς ταῦτα,
βραδῖον ἀντέγραψά σοι, οὐδὲν διὰ τὴν καινότητα καὶ τὸ τῆς
χρήσεως τάχος ὑπὸ τῶν προγεγενημένων ὠφεληθῆναι δυνηθείς.
Ἔπεμψα δὲ καὶ τέκτονας ἐγχωρίους καὶ τοὺς ἄλλους, ἐργάσασθαι
καὶ ποιῆσαι δυναμένους· οἶδα γὰρ μετά σου ἐν ταῖς παρατάξεσι
γενόμενος ὅτε εὐτύχουν, στρατιωτῶν εὐπορήσας πρὸς τὸ καλῶς
ἐργάσασθαι ἢ συνηθείᾳ ἢ εὐχερείᾳ, οἷον αἱ ἐν τοῖς πολέμοις ἐκ
τοῦ παραδόξου χρεῖαι ὡς εὐστρόφων καὶ ἀνθρώπων καὶ μηχανημάτων δέονται. Ἐὰν δέ τι ἐν τοῖς ἐπὶ ἑκάστου συστήματος
ἐπιλογισμοῖς ἀσαφῶς εἴπω, σύγγνωθι, δέσποτα· καὶ γὰρ τὰ ὀνό-
ματα τῆς ἐπιστήμης ἀσυνήθη ἔσται τοῖς κοινοῖς λόγοις καὶ ποι-
κίλην θεωρίαν ἔχει τὸ ἔργον καὶ αὐτὸς ἐγὼ εἰπεῖν τάχα ἀσθε-
νέστερος· τάχα δὲ ἡ μεγαλοφυΐα σου διορθοῦται καὶ συγγιγνώσκει
ἡ εὐμένεια.

Hadrian hat danach in dringender Lage den Apollodor
um schleunige Übersendung von Ratschlägen für die Er-
bauung von Belagerungsmaschinen ersucht, und zwar zur
Belagerung nicht von Städten, sondern von Volksstämmen
oder -massen, welche sich an günstig gelegenen Punkten
des Gebirges[1] verschanzt hatten. Auf diese Aufforderung
hat Apollodor eiligst Zeichnungen mit den nötigen Erläuterungen entworfen und zwar viele und mannigfaltige, die
allen Möglichkeiten gerecht werden sollten, da er selbst die
betreffenden Gegenden nicht kannte: er hat ferner einen
höheren Baubeamten beurlaubt, diesen über die Zeichnungen
und deren Ausführung gründlich informiert und ihn nebst
einer Anzahl geschickter, und noch dazu einheimischer, d. h.
aus der Gegend des Kriegsschauplatzes stammender Arbeiter

---

[1] κλίματα sind „Gebirgslehnen“, Abdachungen des Gebirges in
die Ebene, also Punkte, welche befestigt zugleich die Ebene beherrschen.

an Hadrian abgeschickt. Apollodor hat dann, offenbar im
Auftrage Hadrians, die Poliorketika geschrieben als eine
bleibende theoretische Anweisung, in welcher er zugleich
nachholt, was er beim Entwurf jener Zeichnungen διὰ τὸ
τῆς χρήσεως τάχος hatte unterlassen müssen, nämlich die Benutzung der über diesen Gegenstand vorhandenen Litteratur.

Es fragt sich nun, wann und wo Hadrian die Belagerungsmaschinen gebraucht, mit anderen Worten, wann und
wo er jenen am Anfange erwähnten Brief an Apollodor geschrieben hat. Hadrian ist an kriegerischen Aktionen nur
zweimal persönlich beteiligt gewesen, bei dem früher be-
sprochenen Donaufeldzuge im ersten Jahre seiner Regierung
und bei dem Judenkriege.[1] An den ersteren kann hier in
keinem Falle gedacht werden. Der ganze Ton der Einleitung, vor allem der Anfang und Schluss, weisen unbedingt darauf hin, dass Hadrian schon eine Reihe von Jahren
regiert und sich als Regent schon bewährt hatte. Ausserdem sagt Apollodor ἐπεὶ οὖν ἀγνῶ τοὺς τόπους. Die Donau-
gegend, in welcher jener Feldzug sich bewegte, war ihm
aber von den dakischen Feldzügen her aufs gründlichste bekannt. Er hatte die berühmte Donaubrücke erbaut, welche
in jenem Feldzuge von Hadrian abgebrochen wurde. (Dio
68, 13, 6). Ja er selbst spielt auf die dakischen Feldzüge
an und beruft sich auf seine damals im Pionierdienst gemachten Erfahrungen.[2] — Es bleibt also nur der Judenkrieg, und dass auf ihn die von Apollodor gegebenen An-
deutungen auch wirklich passen, beweist Dio, und er liefert
damit zugleich das Material zur Widerlegung seiner Apollo-
doranekdoten. 69, 12, 3 (Ἰουδαῖοι) παρατάξει μὲν φανερᾷ οὐκ
ἐτόλμων διακινδυνεῦσαι πρὸς τοὺς Ῥωμαίους, τὰ δὲ τῆς χώρας
ἐπίκαιρα κατελάμβανον καὶ ὑπονόμοις καὶ τείχεσιν ἐκρατύνοντο.
14, 1 καὶ φρούρια μὲν αὐτῶν πεντήκοντα τά γε ἀξιολογώτατα,

---

[1] Dass er bei der Unterdrückung des Maurenaufstandes (Spart.
12, 7) nicht in Afrika gewesen ist, hat Mommsen CIL VIII praef. XXI
A. 4. gegen Dürr erwiesen.
[2] Die Stelle οἶδα γὰρ μετά σου ἐν ταῖς παρατάξεσι γενόμενος ὅτε
εὐτύχουν κτλ. kann sich nur auf die dakischen Feldzüge beziehen, an
welchen Apollodor und Hadrian beide teilgenommen haben.

κῶμαι δὲ ἐνακόσιαι καὶ ὀγδοήκοντα καὶ πέντε ὀνομαστόταται κατεσκάφησαν. Die Juden verteidigten sich also in der schon im Buch der Richter 6, 2 angegebenen Weise: „die Kinder Israel machten für sich Klüfte in den Gebirgen und Höhlen und Festungen." Die Positionen waren offenbar stark, und die Römer konnten dem neuen und ungewohnten Angriffs-objekt gegenüber anfangs nicht das geringste ausrichten. Hadrian überzeugte sich davon an Ort und Stelle,[1] und so erklärt sich nun auch seine φροντὶς περὶ τῶν μηχανημάτων. — Der Judenkrieg ist 131/132, spätestens am Anfange des letzteren Jahres, ausgebrochen, er wurde anfangs von den Römern vernachlässigt (Dio 69, 13, 1 καὶ τὸ μὲν πρῶτον ἐν οὐδενὶ αὐτοὺς λόγῳ οἱ Ῥωμαῖοι ἐποιοῦντο). Dadurch wird die Behauptung Dürrs,[2] dass Hadrian auf die Nachricht von der Empörung sofort nach Judaea zurückgeeilt sei, hin-fällig. Dies geschah offenbar erst, ἐπεὶ ἥ τε Ἰουδαία πᾶσα ἐκεκίνητο, καὶ οἱ ἀπανταχοῦ γῆς Ἰουδαῖοι συνεταράττοντο καὶ συνῄεσαν, καὶ πολλὰ κακὰ ἐς τοὺς Ῥωμαίους τὰ μὲν λάθρα τὰ δὲ καὶ φανερῶς ἐνεδείκνυντο, πολλοί τε ἄλλοι καὶ τῶν ἀλλοφύλ-λων ἐπιθυμίᾳ κέρδους σφίσι συνελαμβάνοντο καὶ πάσης ὡς εἰπεῖν κινουμένης ἐπὶ τούτῳ τῆς οἰκουμένης κτλ. Darüber aber war

---

[1] Es ist unbegreiflich, dass Gregorovius (Der Kaiser Hadrian? S. 197 f.) die Anwesenheit Hadrians auf dem Kriegsschauplatz völlig in Abrede stellt. Dio sagt 69, 14 πολλοὶ ἐν τούτῳ τῷ πολέμῳ ἀπώλοντο· διὸ καὶ ὁ Ἀδριανὸς γράφων πρὸς τὴν βουλὴν οὐκ ἐχρήσατο τῷ προοιμίῳ τῷ συνήθει τοῖς αὐτοκράτορσιν, ὅτι εἰ αὐτοί τε καὶ οἱ παῖδες ὑμῶν ὑγιαίνετε, εὖ ἂν ἔχοι· ἐγὼ καὶ τὰ στρατεύματα ὑγιαίνομεν. Dazu bemerkt G.: „Das Fortlassen der Formel lehrt eher, dass H. dem Senat berichtete, ohne beim Heere zu sein." Als ob die Anwendung der Formel überhaupt möglich gewesen wäre, wenn Hadrian nicht beim Heere gewesen wäre. Eben daraus, dass er da war und sie trotz des Erfolges nicht anwandte, geht die Grösse der Verluste hervor. Denn auf den letzteren Punkt, nicht auf die Formel, kommt es in der Stelle an. Man vermisst bei Dio allerdings die ausdrückliche Erwähnung der Anwesenheit Hs. Aber Dio oder vielmehr Xiphilin mag dieselbe als selbstverständlich fortgelassen haben. Dagegen erwähnen sie alle jüdischen und noch mehrere andere heidnische Schriftsteller.

[2] A. O. S. 65. Dio sagt l. c. παρόντος μὲν ἔν τε τῇ Αἰγύπτῳ καὶ αὖθις ἐν τῇ Συρίᾳ ἡσύχαζον — ἐπεὶ δὲ πόρρω ἐγένετο ἀπέστησαν. Wir wissen nicht, wohin Hadrian damals ging, und wo er bis zur Rückkehr nach Palästina geweilt hat.

doch wohl der grösste Teil des Jahres 132 vergangen.
Nimmt man hinzu, dass Hadrian erst an Ort und Stelle
Versuche mit Maschinen gemacht zu haben scheint, ehe er
sich an Apollodor wandte, so dürfen die Poliorketika Apollodors frühestens in das Jahr 133 gesetzt werden. Damit
fällt also die Nachricht von der Tötung Apollodors nach
der Vollendung des Romatempels i. J. 128.

Dagegen könnte nun noch eingewandt werden, dass
dies letztere Datum nicht feststeht, dass vielmehr Cassiodor
die Vollendung des Romatempels zum Jahr 135 in seine Chronik
eingetragen hat. Was von Cassiodors chronologischer Zuver-
lässigkeit zu halten ist, ist bekannt. Mommsen bezeichnet
die Notizen zur Kaisergeschichte als „vollkommen wertlos",
und dass sie es sind, lehrt ein Blick auf die übrigen zur
Regierung Hadrians gegebenen Notizen. Sie werden sämmtlich vier bis zehn Jahre zu spät angesetzt (z. B. die Gründung von Aelia Capitolina und der Ausbruch des Judenkrieges ins Jahr 141.) Unbegreiflich ist dieser Ansatz ferner,
weil Hieronymus, hier die Quelle Cassiodors, die Vollendung
des Romatempels ins Jahr 131 setzt, welches Jahr aber
auch nicht richtig sein kann, da Hadrian die Dedikation
sicher selbst vorgenommen hat, dies ganze Jahr aber von
Rom abwesend war. Ich verweise nochmals auf die Ausführungen Dürrs, welche dem Jahre 128 als Dedikationsjahr mindestens eine sehr grosse Wahrscheinlichkeit verleihen.[1] Zu erwidern ist aber auf jenen Einwand noch folgendes. Selbst wenn man das Dedikationsjahr des Romatempels als unsicher betrachtet, die Erzählung Dios von
der Verbannung und Tötung Apollodors ist auch dann nicht
zu retten. Die beiden Teile der Erzählung hängen so eng zusammen und werden von Dio selbst als so zusammengehörig
hingestellt, dass entweder b e i d e richtig oder b e i d e falsch
sind. Nun wird die Nachricht von der V e r b a n n u n g Apollodors durch die Einleitung zu den Poliorketika unbedingt
widerlegt. Einen in Ungnade gefallenen und gehassten

---

[1] Auch gegen Nissens Argumentation, vgl. das Templum S.
200—202.

Mann hätte Hadrian gewiss nicht zum Mitwisser seiner Sorgen und zum Berater in schwieriger Lage gemacht, und noch weniger hätte Apollodor, der ja nach Dio angeblich wegen eines Versehens (πλημμελήσας τι) verbannt sein soll, sich dann auf die Milde des Kaisers gegen etwaige Mängel berufen und sich im Voraus seiner Verzeihung versichert gehalten. Apollodor muss vielmehr noch zur Zeit des Judenkrieges sich in leitender Stellung befunden haben, denn nur dann konnte er einen Bauführer beurlauben (ὑπουργὸν ἀπέλυσα), und er muss sich in Rom befunden haben, denn nur dort gab es Bauarbeiter aus aller Herren Länder, welche allen Aufgaben gewachsen waren, so dass Apollodor sofort τέκτονας ἐγχωρίους καὶ τοὺς ἄλλους ἐργάσωνθαι καὶ ποιῆσαι δυναμένους nach dem Kriegsschauplatz absenden konnte.

Die ganze Einleitung jener Schrift setzt sogar ein sehr nahes und vollkommen ungetrübtes Verhältnis zwischen Hadrian und Apollodor voraus, ja noch mehr, dasselbe muss nach der Zwischenbemerkung μετά σου ἐν ταῖς παρατάξεσι γενόμενος ὅτε εὐτύχουν (vgl. oben S. 94 A. 2) schon in eine lange vor der Thronbesteigung Hadrians liegende Zeit zurückgehn. Wir hören am Anfang und Schluss Worte, welche eine ebenso hohe Meinung von Hadrians Fähigkeiten und eine ebenso warme Anhänglichkeit an seine Person aussprechen, wie wir sie bei Arrian finden.

Wer endlich noch einwenden wollte, dass ja trotz alledem noch möglich sei, dass Hadrian den Apollodor in der Raserei der letzten beiden Lebensjahre habe töten lassen, zumal auch Spartian (23, 8) sage, *multis aliis interfectis vel aperte vel per insidias*, der würde übersehen, dass dieses gerade durch Dio ausgeschlossen wird, welcher die Tötung des Apollodor von den Hinrichtungen der letzten Jahre auf das bestimmteste trennt und mit einem anderen Anlass in Verbindung bringt.

ANHANG.

DAS MONUMENTUM ANCYRANUM UND DIE KAISER-LICHEN AUTOBIOGRAPHIEN.

Der folgende Exkurs steht mit den Erörterungen über die Autobiographie Hadrians im Zusammenhange, er giebt dazu eine allgemeine Erläuterung und Begründung.

Auszugehn ist dabei vom Monumentum Ancyranum, warum, wird sich gleich zeigen. Man hat neuerdings über den Charakter dieser hochwichtigen Urkunde gestritten. Nissen und Bormann haben sie als Grabschrift bezeichnet. O. Hirschfeld hat dagegen bewiesen,[1] „dass dieses Mémoire eine Grabschrift im eigentlichen Sinne des Wortes seiner ganzen Form nach nicht ist, noch dass sein Verfasser, der doch am besten über seine eigenen Intentionen unterrichtet sein musste, es als eine solche angesehen wissen wollte." Er weist darauf hin, dass die Anwendung der ersten Person schon die Bezeichnung als Grabschrift unmöglich mache, und fügt dann noch hinzu: „Sollte aber auch Augustus in diesem Punkte von der römischen Gewohnheit abgewichen sein, so würde doch sicherlich weder er, noch überhaupt jemand seine Grabschrift mit den Worten geschlossen haben: *cum scripsi haec, annum agebam septuagensumum sextum.* So schreibt man wohl am Schlusse eines Rückblickes auf das vergangene Leben, aber nimmermehr am Ende einer Grabschrift, wobei noch zu bedenken ist, dass Augustus nicht

---

[1] Wiener Studien VII (1885) S. 170—174.

voraus wissen konnte, dass dies Jahr das letzte seines
Lebens sein werde." Nissen hat das vergebens zu widerlegen versucht.[1] Über den Schluss *cum scripsi haec etc.*
sagt er: „In Wirklichkeit ist dies das Ausserordentliche an
der Laufbahn des Augustus, dass er 58 Jahre hindurch
als Magistrat der Republik geschaltet hat. Wenn
das Geschick ihm weitere Jahre bescheert, neue ungewöhn-
liche Ehren auf sein Haupt gehäuft hätte, würde der
Text wahrscheinlich geändert sein." Die Unmöglichkeit dieser Auffassung braucht nicht bewiesen zu
werden, schon der letzte Satz Nissens beweist sie. Was
N. hier in den Schlusssatz der Urkunde hineinlegt, hat
Augustus ausserdem schon an anderer Stelle gesagt.[2] Die
Urkunde schliesst mit der Erteilung des Namens *pater
patriae* als der ausserordentlichsten Auszeichnung ab, und
der Schlusssatz *cum scripsi haec* ist nichts weiter als chronologische Angabe, wann die Aufzeichnung abgeschlossen ist.
Das obige Argument Hirschfelds entscheidet also allein, dass
die Urkunde als Grabschrift nicht aufzufassen ist. Zum
Schluss bemerkt H., dass die Urkunde als eine in Form
und Inhalt durchaus singuläre auftritt und daher nicht einer
bestimmten Kategorie von Denkmälern zugewiesen werden
darf. Von Denkmälern, d. h. von monumentalen Urkunden, und auch darin hat H. Recht. Aber es ist ein Zusatz zu machen. Die Urkunde steht einer bestimmten Kategorie von litterarischen Erzeugnissen sehr nahe. Denn
darüber kann kein Streit sein, dass sie ein Bericht des
Augustus über sein öffentliches Leben und Wirken ist, dass
sie also stofflich im wesentlichen dasselbe, was jede Biographie in der Darstellung der vita publica, enthält, mit
anderen Worten, dass das Monumentum Ancyranum ein
autobiographisches Denkmal ist. Daher hat es ja auch,
wie Nissen a. a. O. nachgewiesen hat,[3] einen so bedeuten-

- - - - -

[1] Rhein. Mus. N. F. XLI S. 481 ff.

[2] Mon. Anc. c. 4 *Consul fueram ter deciens cum scribebam
haec et agebam septimum et trigensimum annum trib. pot.*

[3] Diesem Nachweise Ns. widerspricht aber seine Behauptung
„die Aufzeichnung des Aug. ist keine *memoria vitae*, kein Bericht über

den Einfluss auf die gesammte folgende Biographienlitteratur ausgeübt. Ausser dem Mon. Ancyr. hat Augustus nun
noch eine 13 Bücher umfassende, also sehr umfangreiche
Autobiographie verfasst. Über das Verhältnis beider Schriftstücke zu einander wird unten gesprochen. Schon hier
muss aber vorausgenommen werden, dass in beiden die Darstellung eine übereinstimmend tendenziöse ist. Auf
die tendenziöse Färbung der Darstellung im Mon. Ancyr.
haben Mommsen und Hirschfeld kurz hingewiesen, ohne sie
im einzelnen aufzuzeigen.[2] Dies muss hier einmal geschehen,
es ist für unsern Zweck notwendig und wird auch an sich
nicht als überflüssig bezeichnet werden.

Die Tendenz der Darstellung im Monumentum. Ancyranum lässt sich unter bestimmte Gesichtspunkte sub-
sumieren. Augustus betont die Legitimität seiner

---------- ·

sein öffentliches Treiben und Wirken.“ Diese Behauptung beweist
wohl am besten, dass Ns. Widerlegung misslungen ist.

[2] Hirschfeld weist auf eine Einzelheit hin: „Berechtigt scheint
mir freilich nach wie vor (nämlich *gegenüber* einer Bemerkung Bor-
manns, von einer meisterhaften Verschleierung gewisser Thatsachen
einem Manne gegenüber zu sprechen, der nach der schimpflichen Niederlage des Varus und der definitiven Aufgabe der einst gehegten Er-
oberungspläne die Worte niederschreiben konnte: *„Germaniam ad
ostium Albis fluminis pacavi.“* Der Einwand Nissens, „dass die deutsche
Küste ja auch nach der Niederlage des Varus unter römischer Bot-
mässigkeit blieb“, erscheint mir wiederum nichtig. Augustus behauptet
ja viel mehr. Er spricht nicht bloss von der deutschen Küste, er spricht
von völliger Unterwerfung Germaniens bis an die Elbmündung.
Dass dieser Satz eine unrichtige Vorstellung von Augusts Erfolgen
gegen die Germanen erweckt, und zwar absichtlich, liegt auf der Hand,
und darin besteht eben die Tendenz der Darstellung. Wenn übrigens
Nissen gleich darauf sagt: „das Thema einer römischen Grabschrift ist
die gloria: schon die Consuln des 3. Jahrh. v. Chr. behaupten jeder
um die Wette der beste Mann der Bürgerschaft gewesen zu sein. Dies
Thema hebt mit den ersten Worten des Augustus an und klingt mit
den letzten aus“, so giebt er doch die Tendenz zu. Eine ganz andere
Frage ist, ob dem Augustus aus dieser Tendenz ein Vorwurf zu machen
ist. Mommsen und Hirschfeld haben nur die Thatsache konstatiert,
und diese beabsichtige ich im einzelnen nachzuweisen. Wir haben es
mit einem Merkmal zu thun, welches mehr oder weniger der gesammten
national-römischen Geschichtsschreibung zukommt.

Machtstellung, indem er überall darauf hinweist, dass ihm durch Senat und Volk, die Träger der alten Verfassung, alle Ämter und Auszeichnungen übertragen sind. Der Senat nimmt ihn durch ehrenvollen Beschluss in seinen Kreis auf, erteilt ihm konsularischen Rang und das imperium, er macht ihn zum Propraetor, das Volk wählt ihn zum Consul und Triumvir reip. const.[1] Mit Zustimmung von Senat und Volk wird ihm die cura legum et morum, durch Gesetz die trib. pot. auf Lebenszeit übertragen.[2] Dass er eine Reihe ihm zuerkannter Ämter und Auszeichnungen nicht annimmt, soll den Eindruck vollster Gesetzmässigkeit steigern und zugleich auf seine Mässigung und Bescheidenheit hinweisen.[3] Der wichtigste Beweis von Gesetzlichkeit und Mässigung soll aber darin gefunden werden, dass er nach Beendigung der Bürgerkriege, als er mit allgemeiner Zustimmung alle Gewalt in seiner Hand hatte. aus eigener Machtvollkommenheit die Leitung des Staates in die Hände von Senat und Volk zurücklegt, c. 34 *bella ubi civilia extinxeram, per consensum universorum potitus rerum omnium, rempublicam ex mea potestate in senatus populique Romani arbitrium transtuli . . . . . Post id tempus praestiti omnibus dignitate, potestatis autem nihilo amplius habui, quam qui fuerunt mihi quoque in magistratu conlegae.* Dass Augustus diese Bemerkung bis zum Schluss aufspart, während sie sowohl chronologisch, als auch nach der Dis-

---

[1] *Senatus decretis honorificis in ordinem suum me adlegit . . . . . consularem locum simul dans sententiae ferendae, et imperium mihi dedit. Respublica ne quid detrimenti caperet, me pro praetore simul cum consulibus providere iussit. Populus autem eodem anno me consulem . . . et triumvirum reip. constituendae creavit.*

[2] C. 6 τῆς τε συνκλήτου καὶ τοῦ δήμου τῶν Ῥωμαίων ὁμολογούντων ἵνα ἐπιμελητὴς τῶν τε νόμων καὶ τῶν τρόπων τῇ μεγίστῃ ἐξουσίᾳ μόνος χειροτονηθῶ. c. 10. *et sacrosanctus ut essem . . . . et ut quoad viverem tribunicia potestas mihi esset, lege sanctum est.*

[3] C. 5 *dictaturam et absenti et praesenti mihi datam a populo et senatu . . . . . non accepi . . . . Consulatum tum datum annuum et perpetuum non accepi. C. 10 pontifex maximus ne fierem in vivi conlegae locum populo id sacerdotium deferente mihi recusavi. C. 4 cum deinde pluris triumphos mihi senatus decrevisset, eis supersedi.*

position (die *honores* bilden den ersten Teil) an frühere Stelle
gehört, zeigt ganz klar, dass wir es mit einer bestimmten
Absicht zu thun haben. Augustus will den Schein erwecken,
als habe er dem Senate die freie Verfassung zurückgegeben.
So stellen es die Schriftsteller des augusteischen Zeitalters
dar.[1] Die Späteren machen noch einen zweiten Fehler dazu; sie behalten jene Auffassung in sofern bei, als sie Augustus an die Herstellung der freien Verfassung d e n k e n,
ihn dann aber doch für die Monarchie sich entscheiden
lassen.[2] Beides ist falsch. Weder hat Augustus die alte
Verfassung hergestellt, auch nicht einmal daran gedacht,
noch hat er die Monarchie proklamiert. Vielmehr ist der
wahre Kern der Sache der, dass er die ausserordentlichen
Machtbefugnisse des Triumvirats niederlegt. Den Schwer-
punkt dieser Niederlegung bildet die Rückgabe der Provinzen an den Senat, worauf derselbe sich mit Augustus in
dieselben teilt, ihm also das proconsularische imperium ver-
leiht. Daher kann August auch mit einem Scheine von
Wahrheit hinzufügen, er habe nach der Niederlegung der
triumviralen Gewalt zwar an äusserer Auszeichnung alle
übertroffen, an Macht aber nicht mehr als die reguläre
kollegialische Amtsgewalt besessen. Denn eine Provinz
mit prokonsularischem Imperium bekam ja jeder Consular.
Aber die Wahrheit ist nur eine scheinbare. Denn August
bekam mehrere Provinzen[3], und er erhielt das prokonsula-
rische Imperium auf zehn Jahre und dann immer wieder;
in diesem prokonsularischen Imperium liegt aber das Wesen
der kaiserlichen Macht.[4] August hat also in Wahrheit die
Gewalt nicht in die Hände von Senat und Volk zurückgelegt, sondern nur in die des Senats, und auch nur die
Civilverwaltung; an Stelle des Volks tritt er als Vertrauens-
mann desselben, als princeps d. h. als erster Bürger. —
Der zweite Tendenzpunkt in Augusts Darstellung hängt

---

[1] Die Stellen bei Mommsen RGDA² p. 146 f.

[2] Sueton und Dio.

[3] Er erhielt anfangs drei Provinzen, vgl. Mommsen St. R. II
p. 802 A. 4.

[4] Mommsen St R. II p. 787 ff.

mit dem ersten eng zusammen. Wie August seine Macht
streng verfassungsmässig von Senat und Volk erhalten haben
will, so will er in dem Rechenschaftsbericht über seine äussere
Politik als Vertreter einzig des Senats und Volks, also des
Staatswohles, erscheinen, und wie jener Satz von der Rückgabe der Gewalt den Schlusseffekt bildet, so stellt er den
Satz, dass er als Vorkämpfer der durch Partei-
herrschaft unterdrückten Verfassung die politische Bühne betritt, an die Spitze: *Annos undeviginti natus
exercitum privato consilio et privata impensa comparavi, per quem
rem publicam dominatione factionis oppressam
in libertatem vindicari*, und gleich darauf *respublica
ne quid detrimenti caperet propraetore simul cum consulibus providere iussit*. Dies bezieht sich auf den mutinensischen Krieg,
für welchen der Senat selbst ihn zu seinem Vorkämpfer
erwählt. Dazu stimmt nun vollständig, dass er diejenigen,
mit denen er in Wahrheit den Entscheidungskampf um die
Alleinherrschaft geführt hat, welche also nur seine Feinde
waren, zu Feinden des Staates stempelt. Unter diesen
macht er aber noch interessante Unterschiede. Seine Sache
gegen Brutus und Cassius sieht er als so gerecht an, dass
er hier auch sein persönliches Interesse neben dem des
Staates nennt. Er nimmt mit der Achtserklärung durch
die lex Pedia gerechte Rache an den Mördern seines
Vaters.[1] Die Kriegserklärung aber lässt er von jenen aus-
gehen und zwar auch gegen den Staat, für den er zweimal
den Sieg erringt. Von den Rivalen beim Kampf um Caesars
Erbe erweist er dem Lepidus, der, freilich gezwungen, vom
Kampfe zurücktrat, eine gewisse Rücksicht durch die Bemerkung, er habe die Wahl zum pont. max. abgelehnt, so
lange der Inhaber dieses Amtes, welcher eben Lepidus war,
noch lebte (c. 10). Den Sextus Pompeius aber rechnet er,
weil er die Verproviantierung der Hauptstadt bedroht hatte,

---

[1] C. 2 *Qui meum patrem interfecerunt eos in exilium expuli iu-
diciis legitimis ultus eorum facinus et postea bellum inferentis reipublicae
vici bis acie.* Dies ist der Punkt, von dem seine Darstellung in der
Autobiographie ausgeht, wie Appian zeigt. Ihn liessen selbst die Gegner
(Tac. ann. I 10) als Milderungsgrund gelten.

einfach unter die Seeräuber,[1] und die Sklaven, welche auf
dessen Seite gefochten hatten, werden, weil sie *contra rempublicam* gekämpft haben, ihren Herren zur Tötung ausge-
liefert.[2] Am schärfsten aber wendet er sich gegen Antonius.
Zum Kampf gegen ihn wird August nicht allein vom Senat
zum Führer erwählt, sondern von ganz Italien, und nicht
bloss gewählt, sondern die Wählenden schaaren sich auch
unter seine Fahnen; über 700 Senatoren, ganz Italien und
alle westlichen Provinzen, also die ganze westliche Reichshälfte steht auf zum Kampf gegen den Reichsfeind und be-
siegt ihn unter Augusts Führung.[3] Sehr bezeichnend ist
nun, wie August auch die Provinzen dem römischen Reich
wiedergewonnen zu haben behauptet, welche Antonius und
Pompeius nach den Verträgen von Brundisium und Misenum
ebenso gesetzmässig besassen, wie er die seinen.[4] Freilich
— und hier tritt die Konsequenz der Darstellung wieder
augenfällig hervor — August hatte ja, als er allein auf
dem Kampfplatz blieb und alles in seiner Hand hielt, alles
in die Hand von Senat und Volk zurückgelegt, also alles
für den Staat allein erobert. Die Absicht, Antonius als
Reichsfeind hinzustellen, und ihm die ganze Schuld zuzu-
wälzen, zeigt sich ferner in den Worten *iam ex parte magna
regibus eas possidentibus* (vgl. die Stelle A. 4). Dies bezieht

---

[1] C. 25 *Mare pacavi a praedonibus.* Damit tritt August zugleich
als Anwalt der hungernden Plebs auf.

[2] *eo bello servorum qui fugerant a dominis suis et arma contra
rempublicam ceperant, triginta fere millia capta dominis ad sup-
plicium sumendum tradidi.* Auch c. 27 nennt er den Krieg gegen
Pomp. *bellum servile.*

[3] C. 25 *Juravit in mea verba tota Italia sponte sua et me bello,
quo vici ad Actium, ducem depoposcit. Juraverunt in eadem verba provinciae Galliae Hispaniae Africa Sicilia Sardinia. Qui sub signis meis
tum militaverint, fuerunt senatores plures quam DCC e.q.s.*

[4] C. 27 *Provincias omnis, quae trans Hadrianum mare vergunt
ad orientem, Cyrenasque, iam ex magna parte regibus eas possidentibus,
et antea Siciliam et Sardiniam occupatas bello servili reciperavi.* Bekanntlich sind die Verträge von Brundisium und Misenum schon Vor-
spiele der Reichsteilungen. In jenem wurde Antonius die östliche, Augustus die westliche Reichshälfte zugewiesen, in diesem erhielt Pompeius von Augustus Sicilia, Sardinia, Corsica, von Antonius Achaja.

sich auf die Länderschenkungen des Antonius an Cleopatra
und ihre Söhne, welche hier verächtlich als Barbarenkönige
bezeichnet werden. Diese Schenkungen hatten in Rom die
grösste Erbitterung hervorgerufen und waren die eigentliche äussere Ursache zur Kriegserklärung gewesen. Wie
Antonius hier als Landesverräter, so wird er kurz vorher
als Frevler gegen die Götter hingestellt. Denn er habe die
Tempel der Weihgeschenke und Kunstwerke, und zwar aus
Eigennutz, beraubt, Aug. aber als Sieger das geraubte Gut
wieder an Ort und Stelle gebracht.[1] Eine Spitze gegen
Antonius liegt auch noch in der Erwähnung der Erfolge
gegen die Parther.

Den Grundton der ganzen Darstellung liefert aber die
Hervorhebung seiner eigenen Vortrefflichkeit,[2] seiner Herr-
schertugenden und rühmenswerten Leistungen. August beruft
sich zum Schluss auf den goldenen Ehrenschild, welcher
ihm laut Inschrift *virtutis clementiae iustitiae pietatis causa*
zuerkannt sei. Alle diese Eigenschaften finden wir ins
Licht gestellt. Seine *virtus* zeigen die Kriegsthaten, seine

---

[1] O. 24 *In templis omnium civitatium provinciae Asiae victor or-
namenta reposui, quae spoliatis templis is cum quo bellum gesseram
privatim possederat. Privatim* d. h. aus Eigennutz. Die genauere
Angabe bei Strabo XIII 1, 30, wonach auch dabei „Schenkung an die
Aegyptierin" das Motiv war, stammt sicher aus Augusts Memoiren,
ebenso die Stelle des Plinius h. n. XXXIV 58, in welcher schon der
Traum (*admonitus in quiete*) es beweist. Die von Plut. Ant. 58 erwähnte
Schenkung der pergamenischen Bibliothek an Cleopatra ist im Mon.
Anc. natürlich übergangen, wird aber in der Autobiographie auch schwer-
lich gefehlt haben.

[2] Die Alten dachten in diesem Punkte ganz anders als wir. Bescheidenheit gab es da nicht, vielmehr galt ein derartiges Selbstlob
nicht für Arroganz, sondern für berechtigtes Selbstgefühl. Tacitus bemerkt mit Rücksicht auf die ältesten Autobiographen, Rutilius und
Scaurus, dass ihnen Niemand den Glauben versagt, noch sie missgünstig
beurteilt habe, weil sie sich selbst gerühmt hätten; ja diese neidlose
Anerkennung des wenn auch selbst verkündeten Ruhmes sei vielmehr
ein Beweis für die Vortrefflichkeit jener Zeiten, von denen nur solche
das Verdienst wahrhaft zu würdigen vermöchten, welche reich daran
seien.

clementia betont er nachdrücklich, [1] wobei er mit der Wahrheit in Konflikt kommt, seine *iustitia* liegt in dem Verhalten gegen die Alpenvölker und gegen die Munizipien, welche von den Landanweisungen betroffen wurden. [2] Beweise von *pietas* endlich sind es, dass er die Ermordung seines Vaters rächt, dass er den Göttern den Raub des Antonius zurückerstattet, und dass er eine grosse Zahl seiner eigenen silbernen Standbilder einschmilzt und davon dem Apollo goldene Weihgeschenke stiftet. [3] — Charakteristisch ist dabei, dass August als Massstab seiner Thätigkeit und seiner Erfolge die Vorzeit anlegt. Er nimmt sich dieselbe zum Vorbilde, [4] einmal führt er sie zur Rechtfertigung seiner armenischen Politik an, [5] endlich zeigt er, und dies mit besonderer Geflissentlichkeit, in wiefern er mehr geleistet oder erreicht hat, als sie. [6]

[1] C. 3 *Victor omnibus superstitibus civibus peperci.* Es steht aber fest, dass nach der Schlacht bei Philippi, nach der Kapitulation von Perusia und nach der Schlacht bei Actium unter den politischen Gegnern gewaltig aufgeräumt wurde.

[2] C. 26 *Alpes a regione ea, quae proxima est Hadriano mari, ad Tuscum pacari feci nulli genti bello per iniuriam illato,* Danach Sueton Aug. 21. — Aus einer anderen Schrift des Augustus, dem *breviarium totius imperii* (wie Detlefsen bewiesen hat), entnimmt Plinius eine Bemerkung, welche er der Aufzählung der unterworfenen Alpenvölker hinzufügt (h. n. III. 138) *non sunt adiectae Cottianae civitates, quia non fuerant hostiles,* was durchaus der obigen Notiz *nulli genti bello per iniuriam illato* entspricht. Wir sehen also hier, dass August in seinen verschiedenen Schriften dieselbe Tendenz der Darstellung anwendet.

[3] August hat selbst in offenbarer Absicht die beiden letzteren Bemerkungen verknüpft (c. 24).

[4] C. 8 *legibus novis latis complura exempla maiorum exolescentia iam ex nostro usu reduxi* vgl. oben S. 80.

[5] C. 27 *Armeniam .... cum possem facere provinciam, malui maiorum nostrorum exemplo regnum id Tigrani .... tradere.* Das Vorbild ist Pompeius.

[6] Der Janustempel ist bis auf seine Zeit überhaupt nur zweimal von ihm dreimal geschlossen worden. Vor ihm sind Landanweisungen den Muncipien nie bezahlt worden. Die Flotte ist unter ihm von der Rheinmündung weiter nach Osten vorgedrungen, als je ein Römer gekommen ist. Kein römisches Heer hat vor ihm die Pannonier angegriffen. Viele Völker haben unter ihm diplomatischen Verkehr mit

Das sind die Hauptpunkte, auf welche die Tendenz der Darstellung sich zurückführen lässt. Dass diese Tendenz nicht willkürlich hineingedeutet ist, sondern dass wir hier Parteidarstellung vor uns haben, [1] ersieht man aus den sich gegenüberstehenden Urteilen bei Tac. ann. I 9—10. Diese Urteile der *prudentes* bei Tacitus finden wir sämmtlich in den erhaltenen Darstellungen von Augusts Regierung wieder, und nimmt man noch die oben nachgewiesene Tendenz der augustischen Darstellung hinzu, so hat man bei Quellenuntersuchungen einen sicheren Massstab für den politischen Charakter der benutzten Quelle.

Wir kommen nun zur Autobiographie des Augustus [2] und haben vor allem zu sehen, was sich über das Verhältnis derselben zum Mon. Anc., d. h. über die Zeit der Abfassung und die Beschaffenheit des Inhalts feststellen lässt. Für die Zeit der Abfassung haben wir zwei Grenzen. Die eine ist gegeben bei Sueton Aug. 85 *composuit aliqua de vita sua, quam tredecim libris, Cantabrico tenus bello nec ultra, exposuit.* Da der terminus ad quem nach römischem Gebrauche stets einzurechnen ist, was hier noch durch den Zusatz *nec ultra* ausdrücklich verlangt wird, so

---

dem römischen Volke nachgesucht, welche vorher zu demselben in gar keiner politischen Beziehung gestanden hatten. — Schon Caes. bemerkt einmal de bell. Gall. II 35 *dies* XV *supplicatio decreta est, quod ante id tempus accidit nulli*; daran erinnert Mon. Anc. c. 12 *qui honos ad hoc tempus nemini praeter me decretus est.*

[1] Selbst unscheinbare Zusätze enthalten mitunter eine tendenziöse Spitze. Der Tod der Consuln Hirtius und Pansa war für August ein so grosser Glücksfall, dass man ihm denselben in die Schuhe schob. Dem verwundeten Pansa habe er vom Arzte Gift in die Wunde spritzen lassen, den Hirtius hätten die eigenen Truppen auf Augusts Anstiften erschlagen. Tacitus und Sueton erwähnen das Gerücht ganz ernsthaft, und letzterer scheint in Betreff des Pansa den Gegnern Augusts Glauben zu schenken (Suet. Aug. 11 *Pansae quidem adeo suspecta mors fuit, ut Glyco medicus custoditus sit, quasi venenum vulneri indidisset*). Um diesem Gerücht entgegenzutreten, hat August am Anfange (c. 1 *populus autem eodem anno me consulem, cum consul uterque bello cecidisset . . . . creavit)* den unscheinbaren Nebensatz hinzugefügt.

[2] Die Citate sämmtlicher kaiserlicher Autobiographien sind gesammelt bei H. Peter Historicorum Romanorum Fragmenta. Lips. 1883.

reichte die Darstellung bis zum Ende des ersten von August
selbst geleiteten Feldzuges gegen die Cantabrer, d. h. bis
zur zweiten Schliessung des Janustempels i. J. 25 v. Chr.
Die zweite Grenze giebt Plutarch comp. Dem. et Cic. 3
ὡς αὐτὸς ὁ Καῖσαρ ἐν τοῖς πρὸς Ἀγρίππαν καὶ Μαικήναν
ὑπομνήμασιν εἴρηκεν. Da Agrippa i. J. 12 v. Chr. gestorben
ist, so ist die Autobiographie also verfasst und veröffentlicht in dem Zeitraum von 25 - 12 v. Chr. Von vornherein
werden wir aber den Abfassungstermin näher beim ersten
Punkte suchen. Denn dass August die Darstellung gerade
mit dem Jahre 25 schloss, setzt voraus, dass er sie kurz
nach diesem Zeitpunkte verfasste. Dies erklärt sich nun,
wenn wir der schweren Krankheit gedenken, welche er gerade damals durchzumachen hatte, Suet. Aug. 81 *graves*
et periculosas valetudines per omnem vitam aliquot expertus
est: praecipue Cantabria domita cum .. ad desperationem
reductus etc. Wenn er auch genas, so fürchtete er doch
ein baldiges Lebensende, und da wir aus Dio wissen,[1] dass
er damals sein Testament machte, und an Piso eine Schrift
über die Militärmacht und die Finanzen des Staates übergab, so darf es als gewiss angesehen werden, dass er damals auch seine Memoiren abgefasst hat, und zwar, nach
Dios genauer Zeitbestimmung der Krankheit, i. J. 23 v. Chr
Die Abfassung wurde erleichtert und beschleunigt dadurch,
dass er schon nach Beendigung des Krieges mit Pompeius,
also i. J. 36, Reden an Senat und Volk über seine Thaten
und Politik veröffentlicht,[2] ferner gleich nach der Schlacht
bei Aktium einen Bericht verfasst hatte.[3] 37 Jahre später

---

[1] Dio 53, 30 ὁ δ' Αὔγουστος ἐνδέκατον μετὰ Καλπουρνίου Πίσωνος
ἄρξας ἠρρώστησεν αὖθις ὥστε μηδεμίαν ἐλπίδα σωτηρίας σχεῖν· πάντα γοῦν ὡς
καὶ τελευτήσων διέθετο . . .. τῷ μὲν Πίσωνι τάς τε δυνάμεις καὶ τὰς προσό-
δους τὰς κοινὰς ἐς βιβλίον ἐσγράψας ἔδωκε, τῷ δ' Ἀγρίππᾳ τὸν δακτύλιον ἐνε-
χείρισε . . . . 31 .. τότε δὲ σωθεὶς τὰς διαθήκας ἐσήνεγκε μὲν ἐς τὸ συνέδριον
καὶ ἀναλέξασθαι ἠθέλησεν.

[2] Appian b. c. V 130 αὐτὸς ἐβουληγόρησε καὶ ἐδημηγόρησε, τὰ ἔργα
καὶ τὴν πολιτείαν ἑαυτοῦ τὴν ἀπ' ἀρχῆς ἐς τότε καταλέγων καὶ
τὰ εἰρημένα συγγράψας· τὸ βιβλίον ἐξέδωκεν.

[3] Appian b. c. IV. 51 καὶ τὴν Ἀντωνίου περὶ Ἄκτιον συμφορὰν
ἐπιστέλλουσαν ὑπὸ τοῦ Καίσαρος· ὁ Κικέρων ὅδε ὑπατεύων ἀνέγνω τε τῷ δήμῳ

hat er dann jenes βιβλίον περὶ τῶν δυνάμεων καὶ τῶν κοινῶν προςόδων umgearbeitet zu dem *breviarium totius imperii*, *quantum militum sub signis ubique essent, quantum pecuniae in aerario et fiscis et vectigaliorum residuis* (Suet. Aug. 101). Der ebendort erwähnte *index rerum a se gestarum* oder das Monum. Ancyr. ist in doppelter Beziehung ein Nachtrag zur Autobiographie gewesen. Bis zum Jahre 23 hatte er den kleinsten Teil der honores erlangt, auf dem Gebiete der inneren Verwaltung vollends noch gar nichts geleistet. Von den *honores* und den *impensae in remp. factae* kann die Autobiographie also nichts enthalten haben, sondern nur die Vorgeschichte, die Begründung der Legitimität seiner Stellung und seine für den Staat geführten Kriege, ausserdem persönliche Nachrichten. [1]

Die Darstellung ist nicht, wie im Mon. Anyr. nach bestimmten Rubriken, sondern chronologisch geordnet gewesen. Dafür sprechen folgende Indizien. Sueton benutzt in der Vorgeschichte neben anderen Quellen die Autobiographie des Augustus bis zur Rückkehr von Apollonia. [2] Dann fährt er c. 9 fort: *Proposita vitae eius relut*

καὶ προύθηκεν ἐπὶ τοῦ βήματος, ἔνθα πρότερον ἡ τοῦ πατρὸς αὐτοῦ προύκειτο κεφαλή.

[1] Die Stelle über die beabsichtigte Aufhebung der Getreidespenden Suet. Aug. 42 *impetum se cepisse scribit frumentationes publicas in perpetuum abolendi, quod earum fiducia cultura agrorum cessaret: neque tamen persererasse, quia certum haberet post se per ambitionem quandoque restitui* kann nicht aus der Autobiographie stammen. Sie bezieht sich auf die Hungersnot vom Jahre 759 15. vgl. Hirschfeld Annona p. 5. Nun sagt Aug.: *neque tamen persererasse etc.* Diese Worte haben nur Sinn für die am Ende seines Lebens verfassten abschliessenden Aufzeichnungen, welche Sueton Aug. 101 erwähnt. Die Stelle stammt unzweifelhaft aus dem *breviarium totius imperii*. In dieser Schrift wurden die Reichsfinanzen behandelt, und da spielte die annona eine Hauptrolle.

[2] Sueton sagt c 2 *ipse Augustus nihil amplius quam equestri familia ortum se scribit vetere ac loculete et in qua primus senator pater suus fuerit. . . . . Nec quicquam ultra de paternis Augusti maioribus repperi.* Darauf spricht er ausführlich von Augusts Vater. Also nur über die Vorfahren seines Vaters ist August so kurz gewesen, was sich aus den Angriffen erklärt, die er ihretwegen hatte

summa (was sich auf den Schlusssatz von c. 8 bezieht)
*partes singillatim neque per tempora, sed per species exe-
quar.* Damit setzt sich Sueton in offen erklärten Gegensatz zu allen bisherigen Darstellungen,[1] welche demnach
per tempora geordnet waren. Für chronologische Darstellung
in der Autobiographie spricht auch die Angabe *Cantabrico
tenus bello nec ultra.* Die Disponierung nach sachlichen Gesichts-
punkten ist für den dargestellten Zeitraum gar nicht denkbar.(vgl. oben). Wir können aber auch die Darstellung an zwei
Punkten als eine chronologische nachweisen. Als August am
20. Juli 44 die von seinem Adoptivvater vor der Schlacht von
Pharsalus gelobten Spiele feierte, erschien ein Komet, welchen
er mit besonderer Freude begrüsste, weil er ihn als Zeichen für
die Apotheose Caesars und zugleich als glückverheissendes
Omen für die eigene Zukunft auffasste. Über diesen Kometen
hat er ausführlich im zweiten Buche seiner Autobiographie
gesprochen.[2] In diesem Buche ist also erst das politische
Auftreten des Augustus, welches mit der Erscheinung des

---

erdulden müssen. Um so mehr hatte er aber bei der Geschichte seines
Vaters verweilt, dessen er gern gedachte. Vellejus benutzt II 59 fortlaufend die Autobiographie. Er will *de origine Augusti* sprechen und
spricht nur über den Vater; dabei schiebt er jenen Einleitungssatz
Augusts ein *C. Octavius ut non patricia, ita admodum speciosa
equestri genitus familia* etc. Die Vergleichung mit Sueton lehrt
die genaue Übereinstimmung, so weit eben von beiden die Autobiographie
benutzt ist. Dass Sueton nicht den Vellejus benutzt haben kann, geht
daraus hervor, dass er ausführlicher als Velleius ist.

[1] Sueton hat das Leben Caesars noch streng chronologisch dargestellt; von c. 45 folgt als zweiter Teil die Charakteristik. Die neue
Behandlungsweise, welche er Aug. 9 ankündigt, ist dem Mon. Ancyr.
nachgeahmt und dann für die ganze römische Biographienlitteratur die
stehende Form geblieben. Sueton geht also in c. 9 von der Autobiographie, die ihm ja kein vollständiges Material bot, zum Mon. Ancyr.
über, natürlich abgesehen von den übrigen Quellen, die er benutzt.

[2] Servius zu Verg. ecl. IX 47. Die Stelle aus der Autobiographie
wird im Wortlaut mitgeteilt von Plin. h. n. XXIII 94, ebenso von Sueton
Caes. 88. Auch Livius hat die Stelle wörtlich ausgeschrieben, vergl.
Jul. Obsequens (ed. Jahn) 68; die sinnlosen Kürzungen rühren vom
Epitomator her. Welche Bedeutung die Dichter dem Kometen gegeben
haben, namentlich Ovid in der Apotheose Caesars, ist bekannt.

Kometen zeitlich zusammenfällt, erzählt gewesen. Dann muss es damit aber wenigstens begonnen haben. Danach würde das erste Buch die Vorgeschichte bis zur Nachricht von Caesars Ermordung enthalten haben, was auch aus inneren Gründen das wahrscheinlichste ist. — Zweitens muss auf chronologische Ordnung geschlossen werden aus einer Notiz Appians Illyr. 16 Σεβαστός . . . ἐν παραβολῇ τῆς ἀπραξίας Ἀντωνίου κατελογίσατο τῇ βουλῇ τὴν Ἰταλίαν ἡμερῶσαι δυσμάχων ἐθνῶν θαμινὰ ἐνοχλούντων. Die gesamte Darstellung des Feldzuges gegen die Alpenvölker ist von Appian nach seiner eigenen Angabe aus der Autobiographie des Augustus entnommen, und wir erfahren hier, dass Augustus seine Thaten in einem Berichte an den Senat dargelegt hat und zwar im Gegensatz zu der Unthätigkeit des Antonius. Diese Angabe hat nur Sinn, wenn der Feldzug gegen die Alpenvölker (35 — 33 v. Chr.) in der Autobiographie seine Stelle v o r dem Entscheidungskampfe mit Antonius hatte, wie es die chronologische Ordnung verlangt. Endlich wird die chronologische Ordnung bestätigt durch die Reihe der Omina bei Sueton. Auf diese Omina muss etwas näher eingegangen werden.

Sueton bringt in der vita Augusti eine lange Aufzählung von Wunderzeichen in sorgfältiger Disposition. Zuerst nennt er Vorzeichen von unbestimmter Bedeutung, d. h. solche, welche Gutes oder Schlimmes voraussagen, ohne dass sie zu erkennen geben, in welcher Beziehung ihm dies Gute oder Schlimme widerfahren werde, ferner Vorzeichen, welche ihn auffordern etwas zu thun. Es sind Warnungen und Mahnungen der Götter, deren sorgfältige Beachtung als ein wesentliches Merkmal seines Charakters, als Beweis seines religiösen Sinnes von Sueton angeführt wird. Schon die beiden ersten Kapp., die somnia im c. 91, die auspicia und omina im c. 92, sind ganz aus der Autobiographie ausgezogen.[1] Nach einer kurzen Abschweifung über das Ver-

---

[1] Die Quelle des Traums von Philippi ist mehrfach bezeugt. Die Stellen bei Peter l. c. p. 255. Das Omen vom verkehrt angezogenen Schuh hat er nach Plin. h. n. II 72 gleichfalls selbst erzählt. Zum

hältnis des Augustus zu fremden Kulten setzt Sueton dann
noch einmal an zur Aufzählung einer besonderen Art von
Vorzeichen, und zwar solcher, welche sich auf seine zu-
künftige Grösse und sein dauerndes Glück beziehen. C. 94
*et quoniam ad haec ventum est, non ab re fuerit subtexere,
quae ei prius quam nasceretur et ipso natali die ac deinceps
evenerint, quibus futura magnitudo eius et perpetua feli-
citas sperari animadvertique posset.* Die Ordnung der nun
folgenden auspicia und omina ist eine streng chronologische.
Mit dieser zugleich ist aber auch die sachliche Ordnung gegeben. Denn die *omina futurae magnitudinis* liegen sämmtlich vor der Zeit seines öffentlichen Auftretens, die *omina
perpetuae felicitatis* nach derselben; unter den letzteren sind
nämlich nicht Glücksfälle im allgemeinen, sondern die glück-
lichen Erfolge in allen seinen Kriegen gemeint. So enthält
also c. 94—95 die Vorzeichen der künftigen Grösse, deren
Reihe bezeichnender Weise mit dem Phänomen bei der Rückkehr von Apollonia und dem Romulusvorzeichen, also mit
seinem politischen Auftreten,[1] schliesst. Daran schliessen
sich dann mit den Worten *quin et bellorum omnium eventus
praesensit* die *omina perpetuae felicitatis* an.

Diese Vorzeichen sind nun, wie bemerkt, zum Teil
sicher. wahrscheinlich zum grössten Teil aus der Autobiographie des Augustus entnommen,[2] und zwar sind sie dort

---

Schluss von c. 92 zieht Sueton auch noch eine Briefstelle des Augustus
zum Beweise heran.

[1] Der Komet war nicht das einzige Vorzeichen, welches sein
Auftreten glückverheissend begleitete, *Liv. epit.* 117 sagt ausdrücklich
ominibus prosperis exceptus. Darunter sind ausser dem Kometen
die beiden eben genannten *Omina* gemeint.

[2] Das Omen vom Kometen kommt bei Livius (Jul. Obsequens),
Plinius und Sueton vor, der Traum von Philippi bei Vellejus, Plutarch
(an zwei Stellen), Appian und Sueton (die sekundären Quellen übergehe ich), das Omen vom verkehrt angezogenen Schuh bei Plin. und
Sueton. — In diesen Fällen ist es ausdrücklich bezeugt, dass die gemeinsame Quelle die Autobiographie ist. Dasselbe gilt von Ciceros
Traum Plut. Cic. 44 und Sueton 94; hier bezeugt Tertullian *de an. c.*
46 den Ursprung. — Man vergleiche nun noch folgende Stellen: 1. Das
Phänomen bei der Rückkehr von Apollonia: **Liv.** (Jul. Obs. 68) *Cum-*

je mit den betreffenden Ereignissen verknüpft gewesen, von
Sueton aber der Reihe nach exzerpiert worden. Sie sind
in doppelter Beziehung bemerkenswert. Wenn Livius (43,
13) sagt, dass seine Zeit in Beziehung auf Zeichen und

que hora diei tertia ingenti circumfusa multitudine Romam intraret, sol
puri ac sereni caeli orbe modico inclusus extremae lineae circulo qualis
tendi arcus in nubibus solet eum circumscripsit. Vellej. II 59 Cui
adventanti Romam immanis amicorum occurrit frequentia: et cum intraret urbem, solis orbis super caput eius curvatus aequaliter rotunda-
tusque in coloreum arcum, velut coronam tanti mox viri capiti imponens,
conspectus est. Plin. h. n. II 98 Cernuntur . . . et circa solis orbem
ceu spicae coronae et versicolores circuli, qualiter Augusto Caesare in
prima iuventute urbem intrante post obitum patris ad nomen ingens
capessendum. Suet. l. c. Post necem Caesaris reverso ab Apollonia et
ingrediente eo urbem, repente liquido ac puro sereno circulus ad speciem
caelestis arcus orbem solis ambiit. 2) Das Romulusomen: Liv. (Jul. Obs.
69) Caesar cum in campum Martium exercitum deduceret, sex vultures
apparuerunt. conscendenti deinde rostra creato consuli iterum sex vultures conspecti veluti Romuli auspiciis novam urbem condituro signum
dederunt. (Der Komet, der farbige Sonnenkreis und das Romulusomen
sind die omina prospera bei Liv. epit. 117). Appian b. c. III 94
ἐς τὴν πόλιν αὖθις ὡς ὕπατος ἤιει καὶ ἔθυε, δώδεκά οἱ γυπῶν φανέντων
ὅπους φασὶ καὶ Ῥωμύλῳ τὴν πόλιν οἰκίζοντι ὀφθῆναι. Suet. l. c. Primo
autem consulatu et augurium capienti duodecim se vultures ut Romulo
ostenderunt. Daran schliesst sich 3) das Opfervorzeichen: et immolanti
omnium victimarum iocinera replicata intrinsecus ab ima
fibra paruerunt nemine peritorum aliter coniectante quam laeta per haec
et magna portendi. Plin. h. n. XI 190 divo Augusto Spoleti sacrificante
primo potestatis suae die sex victimarum iocinera replicata intrinsecus ab ima fibra reperta sunt responsumque duplicaturum
intra annum imperium. Liv. (Jul. Obs. 69) Caesari . . . immolanti
duplicia exta apparuerunt. Endlich 4) das Siegesvorzeichen im Kriege
mit S. Pompejus: Plin. h. n. IX, 55 Siculo bello ambulante in litore
Augusto piscis e mari ad pedes eius exilivit, quo argumento vates re-
spondere Neptunum patrem adoptante tum sibi Sexto Pompejo — tanta
erat rei navalis gloria — sub pedibus Caesaris futuros qui maria tempore illo tenerent. Suet. l. c. Pridie quam Siciliensem pugnam classe
committeret, deambulanti in litore piscis e mari exilivit et ad pedes iacuit.
Diese Vorzeichen stammen nicht nur jedesmal aus derselben Quelle,
sondern diese Quelle kann auch kaum eine andere sein, als die in einer
Reihe ähnlicher Fälle ausdrücklich bezeugte. Für Livius und Sueton
ist das ohne weiteres klar, für Vellejus und Appian ist es auch
sicher, und die Stellen, welche Plin. und Sueton allein haben, sprechen

Wunder völlig ungläubig und gleichgiltig sei, dass daher
die Prodigia weder öffentlich bekannt gemacht, noch in
historischen Darstellungen berücksichtigt würden; wenn aber
sofort die ganze Geschichte des Augustus von Prodigien in
überquellender Fülle durchzogen ist und dies nun für die
ganze Kaisergeschichte die Regel bleibt: so haben wir
für die Zeit, in welcher Livius sein Werk abfasste, in
dieser Beziehung einen Wendepunkt zu konstatieren. Und
zwar ist es die Autobiographie des Augustus, welche denselben bildet. In ihr hat Livius, wie die Periochae und Julius
Obsequens zeigen, gefunden, was die übrigen Historiker
seiner Zeit n i c h t enthalten. In diesem Punkte ist also
Augustus' Autobiographie nicht nur auf die übrigen kaiserlichen Autobiographien, sondern auf die ganze Geschichtsschreibung der Kaiserzeit von bestimmendem Einflusse gewesen.[1] — Zweitens sind die Gründe, aus denen Augustus

für sich selber. — Aber auch Sueton allein bietet genug Indicia für
seine Hauptquelle der Omina. Für die Darstellung von Augusts Kriegen benutzt er antiaugustische Quellen, und diese stehen mit den hier
aufgeführten Vorzeichen im schroffsten Widerspruche, namentlich bei
dem Opfer vor Perusia c. 14 und im sicilischen Kriege c. 16, dessen
Schilderung für Augustus so ungünstig ist, dass das Omen c. 96 dazu
sehr wenig passt. Nur Augustus selbst kann seine Misserfolge in dieser
Weise korrigiert haben. Plinius bezeugt ausdrücklich (VII 148), dass
selbst seine besten Freunde Agrippa und Maecenas dies nicht gethan
haben, ein anderer also noch weniger. Was dann die übrigen Omina,
die nur hier überliefert sind, betrifft, so stammen die Träume der
Eltern des Augustus offenbar aus der Familientradition, falls sie nicht
von August nach berühmten Mustern erfunden sind, z. B. der Traum
der Atia nach demjenigen der Mandane. Mit der Befragung des Astro-
logen in Apollonia beginnt eine Reihe p e r s ö n l i c h e r Erlebnisse, und
die Wendung *quin et bellorum omnium eventus ante p r a e s e n s i t* betont
dies ausdrücklich. Endlich deutet noch ein sprachliches Indicium auf
Augustus' Urheberschaft hin. Sueton sagt c. 95 *reverso ab Apollonia*.
Nach c. 86 hatte August die Gewohnheit, den Städtenamen die Präpo-
sition hinzuzufügen. An der entsprechenden Stelle, wo Sueton anderen
Quellen folgt, sagt er (c. 10) *ut Apollonia rediit*.

    [1] Friedländer Darst. III S. 523 hat übersehen, dass Livius aus
der Autobiographie des A. Vorzeichen ausgezogen hat. Wie ist diese
Thatsache aber mit der Stelle 43, 13 vereinbar? Zunächst ist nach dem
ganzen Zusammenhange wahrscheinlich, dass Livius nur die zu seiner

den Vorzeichen einen so breiten Raum in seinen Memoiren
gewährte, zu beachten. August hat damit einmal seiner
Stellung zur Religion Ausdruck gegeben (Suet. Aug. 93); er
hat bekanntlich die schon vor ihm sichtbaren Bestrebungen,
die nationale Religion neu zu beleben, planmässig aufge-
nommen und erfolgreich durchgeführt. In der ausführlichen
Aufzählung der seine Person betreffenden Vorzeichen erscheint seine Religiosität aber noch in einem anderen Sinne als
national-römisch, nämlich als die Zwillingsschwester des
Egoismus. Wie er im Mon. Ancyr. die staatsrechtliche
Legitimität seiner Herrschaft darzuthun bemüht ist, so will
er in der Autobiographie durch die Fülle der Zeichen und
Wunder ihre göttliche Legitimität eindringlich verkündigen.
Damit sind wir wieder bei der Tendenz der Darstellung
angelangt. Es versteht sich von selbst, dass die Tendenz
in der Autobiographie materiell dieselbe war, wie im Mon.
Anc., nur graduell war ein Unterschied vorhanden, welcher
in der Natur der beiden Schriftstücke begründet ist, und
zwar der, dass in der Autobiographie die tendenziöse Färbung noch viel entschiedener auftrat.

Das zeigen die erhaltenen Fragmente deutlich. Es
genügt hier, auf das umfangreichste unter denselben kurz
einzugehn, ich meine die Verhandlung zwischen L. Antonius
und Augustus bei der Kapitulation von Perusia, Appian
b. c. V 42—45.[1] Der Inhalt der Unterredung ist natürlich

Zeit verfassten grösseren Darstellungen der älteren Geschichte im
Auge hat. Jedenfalls aber war die umfassende Darstellung der Vorzeichen in der Autobiographie damals noch eine ganz vereinzelte Erscheinung, durch welche die Regel *neque in annales referri* nicht um-
gestossen wurde. Die oben bezeichnete Wirkung trat erst später ein,
und dafür, dass sie eine so schnelle und allgemeine war, ist der Vorgang des Livius sicher auch von Bedeutung gewesen. Als aber Livius
an die Benutzung der Autobiographie ging, war die 5. Dekade, in
welcher jene Stelle vorkommt, längst veröffentlicht, und bei der stück-
weise erfolgten Veröffentlichung seines Werkes hat Liv. nachträgliche
Änderungen und Zusätze bekanntlich niemals gemacht, vgl. Teuffel
Gesch. d. R. L. 256, 5.

[1] Nebenbei sei bemerkt, dass Appian hier ausdrücklich bezeugt,
was allerdings auch ohne das unzweifelhaft ist, dass nämlich die Auto-

fingiert. Es kam Augustus darauf an, die Thatsache, dass die Stimmung vor dem perusinischen Kriege entschieden gegen ihn gewesen war, nachträglich als eine ungerechtfertigte hinzustellen.[1] Wie er daher im Mon. Anc. gegen M. Antonius gerade die Punkte ins Feld führt, welche demselben die Gemüter abwendig gemacht hatten, so lässt er hier den L. Antonius diejenigen Gründe zum Kriege als unrichtig bezeichnen, mit denen derselbe sehr erfolgreich gegen Augustus Stimmung gemacht hatte. Durch die von Augustus vorgenommene Landverteilung an die Kämpfer von Philippi wurde das Interesse des M. Antonius geschädigt, weil sie dem Augustus allein die Sympathie des ausschlaggebenden Faktors, der Soldaten, zuwandte, was den Antonianern um so ungerechter erschien, als das Verdienst des Sieges von Philippi allein dem Antonius gebührte. L. Antonius trat daher als Verfechter des Interesses seines Bruders auf, indem er die Austeilung an seines Bruders Legionen in dessen Namen für sich beanspruchte. Als er aber die durch die furchtbare Krise erregte Erbitterung bemerkte, änderte er seinen Plan. Er erklärte die Expropriationen überhaupt für unnötig, da die Güter der geächteten Republikaner oder die aus ihrem Verkaufe gelösten Summen zur Befriedigung der Soldaten hinreichten. Dafür wurde er natürlich der Schutzgeist aller von Haus und Hof vertriebenen Besitzer, während der Unwille sich immer allgemeiner gegen Augustus wandte. — Was lässt aber Augustus den Lucius bei der Kapitulation von Perusia sagen? N i c h t d e r Bruder,[2] n i c h t die Landverteilung, n i c h t

---

biogr. des Aug. in lateinischer Sprache abgefasst war. Appian sagt, er ü b e r s e t z e aus derselben ins Griechische.

[1] Es ist zu bedenken, dass die Biographie etwa 16 Jahre nach dem perusin. Kriege verfasst ist, dass also der grösste Teil derer, die den Krieg erlebt hatten, noch am Leben war, während die Hauptzeugen der Gegenpartei, L. Antonius und Fulvia, schon tot waren. Von ersterem wissen wir das zwar nicht; doch es ist nach dieser Stelle, wie auch nach anderen auf der Hand liegenden Erwägungen so gut wie sicher.

[2] Die Worte οὔτε Μάριος οὔτε Φουλουία gehören dazu, denn diese

das Mitleid mit den Depossedierten habe ihn zum Kriege
bewogen, denn auch er habe sich im Namen seines Bruders
an den Expropriationen beteiligt, sondern einzig und allein
das Streben, die durch das Triumvirat gestürzte alte Verfassung wiederherzustellen. Denn dass das Triumvirat ver-
fassungswidrig sei, werde August selbst nicht leugnen. Sodann rät Lucius ihm noch zur Milde, worauf Augustus er-
widert, dass er sich in ihm nicht täuschen solle, Augustus
lässt sich also einen einzigen Vorwurf machen,[1] welchen
er aber damals, als er dies schrieb, durch die Neuordnung
der Verfassung im Jahre 27 bereits getilgt hatte. Wenn
bezüglich der Milde die Thaten den Worten hernach keineswegs entsprachen, so hat Augustus die Schuld daran auf
den Zorn der Soldaten abgewälzt,[2] wie er ja auch im Mon.
Anc. summarisch erkärt *victor omnibus superstitibus civibus
peperci.* — Zum Beweise der übereinstimmenden Darstellung
im Mon. Anc. und der Autobiographie führe ich noch die
Begründung des Krieges gegen S. Pompejus[3] und M. An-

---

wirkten gleichfalls im Interesse des M. Antonius. Dass Fulvia die
eigentliche Urheberin war, ist hier unwesentlich.

[1] Tac. a. I. 10 *proscriptionem civium divisionem agri ne ipsis
quidem qui fecere laudatas.*

[2] Vell. II 74 *magis ira militum, quam voluntate saevitum ducis.*
App. b. c. V 49 ὁ μὲν Καῖσαρ ἐσπένδετο ἅπασιν, ὁ δὲ στρατὸς οὐκ ἐπαύετο
ἐπί τισι θορυβῶν ἕως ἀνῃρέθησαν. Die Urteile der Gegner liest man bei
Sueton und Dio. Interessant ist die Stelle Seneca de clem. I 11 *(Augustus)
in adulescentia caluit, ira arsit, multa fecit, ad quae invitus
oculos retorquebat. Fuerit moderatus et clemens, nempe post mare
Actiacum Romano cruore infectum, nempe post fractas in Sicilia classes
et suas et alienas, nempe post Perusinas aras et proscriptiones.*

[3] App. b. c. V 77 Καῖσαρι δὲ καὶ Πομπηίῳ διελύθησαν αἱ γενόμεναι
σπονδαὶ κατὰ μὲν αἰτίας ὡς ὑπενοεῖτο, ἑτέρας, αἱ δὲ ἐς τὸ φανερὸν ὑπὸ
τοῦ Καίσαρος ἐκφερόμεναι αἵδε ἦσαν . . . . . . ληστήρια τε αὖθις
ἀφανῆ τὴν θάλασσαν ἐνώχλει, καὶ μικρὸν ἢ οὐδὲν ἄκος τοῦ λιμοῦ ἐγεγένητο
τοῖς Ῥωμαίοις; . . . . Καὶ ὁ Καῖσαρ τινα ληστήρια συλλαβὼν ἐβασάνιζεν, οἳ
Πομπήιον σφᾶς ἔλεγον ἐπιπέμψαι· καὶ τάδε αὐτὰ ὁ Καῖσαρ τῷ δήμῳ
προύφερε κτλ. Augustus hatte dies Mittel also schon vor dem Kriege
benutzt, um Hass gegen Pompejus zu erregen, während er sich als Kämpfer
für das Brotkorn der Plebs hinstellte.

tonius[1] an. — Dies ist das wesentlichste, was sich über
die Autobiographie des Augustus mit Gewissheit oder Wahrscheinlichkeit sagen lässt. —

Von den folgenden Kaisern haben Autobiographien oder
Denkwürdigkeiten verfasst: Tiberius, Claudius, Vespasian,
Hadrian und Septimius Severus; ausserdem gehören noch die
Memoiren der jüngeren Agrippina hieher. Von der Autobio-
graphie des Claudius haben wir nur den Titel, von denen des
Tiberius, Vespasian und der jüngeren Agrippina nur je ein
oder zwei Citate. Über Hadrians Schrift[2] habe ich oben, über
Severs an anderer Stelle gesprochen.[3] Von diesen beiden
Schriften darf danach behauptet werden, dass sie durchaus in
demselben Geiste wie diejenige des Augustus abgefasst
waren. Aus den folgenden allgemeinen Erwägungen darf diese
Behauptung aber auch auf die übrigen ausgedehnt werden.[1]

[1] Es handelt sich hier um Plutarchs Antonius: Auf den wechseln-
den Ton der Darstellung in demselben ist schon oben hingewiesen.
Peter hält die Behauptung Heerens, dass alle dem Antonius feindseligen
Parteien aus Augusts Autobiographie stammten, für zu weitgehend,
giebt aber zu, dass sie aus augustisch gesinnten Parteidarstellungen herrühren. Auch das genügt schon für unseren Zweck. Denn die Partei-
gänger haben alle später als das Parteihaupt geschrieben, und dessen
Darstellung ist für sie massgebend gewesen. Wir haben für die obige
Behauptung auch noch einen direkten Beweis in der Stelle Serv. z. Verg.
Aen. VIII 696 *et Augustus in commemoratione vitae suae refert Anto-
nium iussisse, ut legiones suae apud Cleopatram excubarent eiusque iussu
et nutu parerent.* Also Antonius stellt römische Truppen unter das
Kommando einer barbarischen Königin.

[2] Hadrian hat sowohl die Autobiographie des Aug. als auch
das Mon. Ancyr. zum Muster genommen. Er selbst verweist auf das
letztere, Spart. Hadr. 6, 4 *patris patriae nomen delatum sibi statim
et iterum postea distulit, quod hoc nomen Augustus sero meru-
isset.* Dies bezieht sich auf den Schluss des Mon. Anc.

[3] Severscheint sich wieder Augustus und Hadrian zum Muster
genommen zu haben. Die durch Citate beglaubigten Fragmente aus
seiner Autobiographie sind gesammelt bei Peter l. c. p. 329 f. Ich verweise ferner auf die Bemerkungen in meiner Abh. Marius Maximus
als dir. und indir. Quelle der Scr. H. A. S. 15. 30. 34. 38—40. Die
Ergänzungen zu derselben bietet der vorliegende Exkurs.

[4] Suet. Tib. 61 *post cuius (Seiani) interitum vel saevissimus ex-*

Mit der Autobiographie des Augustus sind alle kaiserlichen Autobiographien charakterisiert. Denn sie wurzeln alle in demselben Grunde, es sind parteipolitische Tendenzschriften. Welches ist nun das gemeinsame politische Motiv, das dieser ganzen kaiserlichen Schriftstellerei den durchweg gleichen Stempel aufdrückte?

Zunächst scheint aus der Tendenz der Darstellung allein Ruhmbegierde zu sprechen, und dieses Motiv wird bei Hadrian ausdrücklich angegeben. Bei den Autobiographien der republikanischen Zeit reicht es zur Erklärung wohl aus. Männer, welche im politischen Kampfe für ihre Überzeugung bitter zu leiden hatten, suchten ihre Gegner vor Mit- und Nachwelt mit der Feder in der Hand zu widerlegen und ihre Sache zu verteidigen. Aber welchen Ehrgeiz konnten die Kaiser noch haben, welche auf dem Gipfel irdischer Macht standen und göttliche Verehrung genossen? Sorge um den Nachruhm allein genügt auch nicht zur Erklärung. Denn um die Meinung der Zeitgenossen ist es den Kaisern mindestens ebensosehr zu thun gewesen, und viele Motivierungen sind in erster Linie auf diese berechnet. Die Erklärung liegt in der staatsrechtlichen Stellung des Prinzipats.[1] Derselbe ist ein Vertrauensposten, welcher vom Volke verliehen wird, aber auch ebenso aberkannt werden kann, „und wenn es nicht öfter geschehen ist, so lag es nicht an dem Mangel des Rechts, sondern an dem Mangel der Macht." „Der römische Prinzipat ist nicht bloss praktisch, sondern auch theoretisch

---

titit. *Quo maxime apparuit, non tam ipsum ab Seiano concitari solitum, quam Seianum quaerenti occasiones subministrasse; etsi commentario, quem de vita sua summatim breviterque composuit, ausus est scribere Seianum se punisse, quod comperisset furere adversus liberos Germanici filii sui.* – Froitzheim Rh. M. XXXI hat nachzuweisen versucht, dass der falsche Bericht des Tacitus über die Dämpfung der Soldatenmeuterei unter Germanicus aus den Memoiren der Agrippina stamme; der Bericht zeige die Tendenz, die Familie des Germanicus zu Ungunsten Tibers zu verherrlichen.

[1] Mommsen St. R. II S. 1034 ff.

eine durch die rechtlich als permanent anerkannte Revo-
lution temperierte Autokratie. Man wird nicht erwarten
diesen schroffen Satz in der zahmen uns erhaltenen Litteratur niedergelegt zu finden; aber gelebt hat er in den Ge-
mütern, und wenn nicht Bücher, so ist Geschichte damit gemacht worden." Und doch sind auch Bücher damit
gemacht worden, und zwar die Autobiographien der Kaiser,
deren Entstehung aus diesem Satze abzuleiten ist. Rechtlich kann nämlich gegen den abtretenden Princeps ein Krimi-
nalverfahren eingeleitet werden. Da aber in der Praxis
fast immer erst der Tod dem Princeps das Imperium aberkannt hat, so hat das zur Einrichtung des Totengerichts geführt, in welchem verhandelt wird, ob das Gedächtnis des
verstorbenen Princeps in Ehren und seine Amtshandlungen
giltig bleiben, oder ob sein Gedächtnis verflucht und seine
Amtshandlungen kassiert werden sollen. Im ersten Falle
folgt die Konsekration, im zweiten die Strafe des Hoch-
verräters: Aberkennung eines ehrlichen Begräbnisses und
Tilgung seiner Ehrendenkmäler und seines Gedächtnisses. [1]
Hadrians *cupiditas famae celebris* ist von Marius Maximus
ausdrücklich mit der Furcht vor diesem Totengericht in
ursächlichen Zusammenhang gebracht worden. Dieser Zusammenhang ist aber bei allen besseren Kaisern bis auf Septimius Severus vorhanden. Denn es ist klar, dass den Kaisern
mit dem günstigen Spruche des Totengerichts, d. h. mit der
Konsekration, ihr Ruhm für alle Zeiten fest begründet erschien. — Den schönsten und allgemeingiltigsten Ausdruck
haben diese Gedanken im Munde des Tiberius erhalten,
welchen Tacitus bei Ablehnung eines ihm angebotenen
Tempels sagen lässt (a. IV 38): „Ich weiss, versammelte
Väter, dass ich sterblich bin und der Menschheit Pflichten
auf mir ruhen, und ich bin sehr zufrieden, wenn ich meine
fürstliche Stellung ausfülle. Dafür rufe ich euch zu Zeugen
auf und wünsche, dass die Nachwelt sich dessen erinnere,
welche meinem Andenken mehr als zu viel Ehre erweisen

---

[1] Die Formel lautet *unco trahatur, honores et statuae detrahan-
tur, memoria aboleatur.* cf. vit. Comm. 18 19.

wird, wenn sie glaubt, dass ich meiner Vorfahren würdig, für euer Bestes besorgt, standhaft in Gefahren gewesen und bei Anfeindungen für das Wohl des Staates unerschrocken eingetreten bin.   Dies wird mein Tempel in euren Herzen sein, dies die schönsten Statuen, die keine Zeit zerstört.   Denn die von Stein errichteten werden, wenn die Nachwelt ihr Urteil in Hass verwandelt, wie Gräber gemieden.   Darum bitte ich die Götter, dass sie mir bis an mein Ende ein ruhiges Gewissen und klare Einsicht in göttliches und menschliches Recht verleihen, die Mitbürger aber, dass sie einst, wenn ich nicht mehr sein werde, meine Handlungen und meinen Namen mit Beifall und wohlwollender Erinnerung ehren."